隣人を疑うなかれ

織守きょうや
Kyoya Origami

幻冬舎

隣人を疑うなかれ

装丁　bookwall

カバー写真　Adobe Stock

「下の階で、水漏れがあったみたいで……こんな時間にすみませんが、流しの下と、洗濯機のホースを確認していただけませんか」

そんな一言で、彼女はあっさりと私を部屋へと招き入れた。確認させて、ではなく、確認して、と言ったのがよかったのだろう。私は彼女に見えないようにほくそ笑む。

留守がちな夫が出張中であることは、調べがついていた。深夜というには早い時間だが、ここまで、誰にも見咎(みとが)められずに来たという自信はある。

後ろ手に玄関の鍵を閉め、靴を脱いであがって、こちらに背を向けている彼女の脇腹にナイフを当てた。

振り向いた彼女の口をふさぎ、騒ぐなと短く告げる。そのまま、華奢(きゃしゃ)な身体(からだ)を押すようにして短い廊下を進み、居間へと移動した。服の上からでもナイフの切っ先を感じたのだろう、彼女はおとなしく従う。その両目から涙が溢れた。ぞくぞくと快感が背中を駆け上る。この表情が見たかった――。

順調だったのはそこまでだった。

「姉ちゃん？」

不審げに呼ぶ声がして、振り返る。

五、六歳の子どもが、奥の部屋——間取りによれば、和室のはずだ——から出てきて、こちらを見た。ばちり、と目が合う。

いないはずの相手を見つけて、子どもは混乱しているようだったが、それは私も同じだった。どういうことだ。彼女にきょうだいはいなかったはずだ。少なくとも同居はしていない、新婚の夫と二人暮らしのはず。たまたま今日、親戚の子どもが泊まりに来ていたのか。運が悪い、と舌打ちをしたくなった。

私が彼女を押さえつけ、ナイフを突きつけているのに気づいた子どもは、こぼれ落ちそうなほど目を見開いた。玄関へと走って逃げ出すようなら止めなくては、と思ったのだが、なんと無謀にも、こちらに向かって突進してくる。

「姉ちゃんから離れろ！」

一人前の口をきく、と愉快に思う気持ちもあったが、騒がれては面倒だ。

隣の部屋は両親が共働きで帰りが遅く、留守番の小学生の子どもしかいないし、その子はいつも大音量で音楽を聴いているから、多少物音をたてたところでどうということはない。それは下調べ済だったが、それでも、大声をあげられたら、他の部屋の誰かに届かないとも限らない。

子どもがさらに大声を出そうと口を開けたのを見てとり、私は片手でその胸倉をつかんだ。

軽くて、簡単に持ち上がる。そのまますぐ横の壁に思い切り叩きつけると、子どもはぎゃっと潰れたような声を漏らした。

ナイフを突きつけられたままの彼女が短く悲鳴をあげる。

体重をかけて蹴りつけると、小さな身体はぐんにゃりとうずくまって動かなくなった。

やめて、と彼女が泣き声をあげたので、

「騒いだら子どもを殺す」

ぐっと顔を近づけて、もう一度、低い声で脅しつける。

彼女は恐怖に表情を強張(こわば)らせ、言われたとおり黙った。

青ざめた顔、悲愴な面持ちが魅力的だった。

想定外の事態ではあったが、彼女を従わせるための人質ができたと思えば、結果的にはよかった。

顔を見られたから、子どもは後で口を封じなければならないが、大した手間でもない。さっきからぴくりとも動かないので、もう死んでいる可能性もある。

邪魔にならないのなら、どうでもいい。

まずは彼女だ。

怯(おび)えて震えているメインディッシュに、さて、と向き直った。下ごしらえに時間をかけた分、じっくりと味わいたい。

何人かの女たちに、撲殺、扼殺(やくさつ)、色々な方法を試した結果、死体が好みの形になるのは刺殺だとわかった。ただ、自分の服も汚れてしまうので、犯行後に人に見咎められるリスクは高い。扼殺や絞殺は、自分の手の中で命がふっと失われる感覚がよかったが、窒息させると死体の状態がよくない。首を絞めていると女の顔が赤くなり、目も充血して気持ちが悪かった。

やはり刺殺だ。

目の前の彼女は美しい。せっかくなら、最後まで、その美しさを損ないたくなかった。彩り程度ならいいが、あまり血塗（ちまみ）れにしてしまうのは違う。傷をつけるのは腹から下にして、あくまで血を流して弱らせるだけに止（とど）めたい。痛みで暴れられては面倒だし、彼女も私も汚れてしまう。死んでいくところが見たいだけで、別に痛めつけたいわけでもないのだ。加減が難しい。

私は彼女を押さえつけ、まずは太ももをナイフで切った。

Chapter 1

ビールを買いにきたコンビニの自動ドアの手前で、高校生くらいの女の子とすれ違った。時刻は午後十一時過ぎ、女の子が一人で出歩くにはちょっと遅い時間だ。——私が女子高生だったころとは、そのあたりの感覚も違うか。

職業柄、若い子の服装チェックが癖になっている。彼女は派手なプリントのTシャツの上にジップアップパーカを着て、鎖骨のあたりまで伸びた髪は、下半分だけがピンク色だった。そういえば、最後に美容院に行ったのは何か月も前だ。在宅で仕事をしているし、外出するときもおだんごにしてしまえば目立たないので、手入れもせずに伸ばしっぱなしだった。久しぶりにカットして、気分を変えるために、インナーカラーでも入れてみようか。

在宅のデジタルアシスタントとして四年間手伝ってきた週刊連載の漫画がとうとう最終回を迎えることになり、ついさっき、最後の背景データを送信したところだ。収入源の一つがなくなることになるけれど、長期連載のアシスタントとしての経験があれば、すぐにまた次の仕事も見つかるだろう。それまでの間、自分の作品に取り組むのもいいかもしれない。今もちょこちょことイラストの仕事はもらっているが、漫画の投稿や持ち込みは久しぶりだ。

原稿をしあげたテンションのせいか、眠くはなく、深夜だというのに、やる気に満ち溢れていた。とはいえ、今夜のところは自分をねぎらって、明日は昼まで眠ろう。眼鏡じゃなくコンタクトにして、メイクをして、好きなものを食べに行って、それから、作品のアイディアを練る。そうだ、美容院の当日予約はとれるだろうか。わくわくと頭の中で休日の予定を組み上げ、棚の商品を手にとった。まずはこれだ。定番の焼き餃子。それからもちろん、缶ビール。

自分一人のささやかな打ち上げのつもりで、他にも複数のつまみと、いつもよりちょっと高級なアイスをかごに放り込む。

コンビニを出ると、さっきすれ違った女の子が、ガラスドアの脇に立っていた。有名カレー店とのコラボメニューのポスターの前で、スマホをいじっている。

プラスチックにラインストーンを埋め込んだ髪留めが、サイドの髪に留まっていた。可愛い。カラーイラストにしたら映えそうだ。こうやって若い子のファッションを見て参考にしないと、絵柄はすぐ古くなるから——。横目で観察しながら通り過ぎる。

コンビニは、住んでいるアパートから徒歩五分の距離だ。レジ袋を振りながら歩いて帰り、ビールとアイスを冷蔵庫と冷凍庫にいったんしまってから、シャワーを浴びた。

さて、お楽しみの時間だ。

翌日の仕事があるときはできなかった、贅沢な夜の過ごし方だ。

私は生乾きの髪のまま、首にタオルを巻いて、ベランダに出た。夜風が気持ちいい。冷えた缶ビールに口をつけると、信じられないほどおいしかった。この瞬間まで我慢した甲斐があった。

「最高……」

思わず声が漏れる。

小さな物干しを置くのがやっとの狭いスペースだけれど、こうして仕事終わりに夜風を感じながら飲むことができるだけで、ベランダつきのアパートで本当によかったと思う。ごくごくと二口め、三口めの喉ごしを楽しみ、ぷは、と息を吐いた。

あっというまに半分近く減ってしまったが、ビールはもう一本買ってあるし、アイスもある。缶ビールを足元に置いて、レジ袋からチーズちくわのパックを取り出し、一つ、口に放り込む。

このベランダがもう少し広かったら、キャンプ用の折り畳み椅子を買って置けるのだけれど、そこまで贅沢は言えない。立ったまま左手にチーズちくわのパックを持ち、右手で足元の缶を拾い上げてビールを流し込んだ。くぅ、とまた声が出る。舌に残るチーズのうまみとちくわの塩気がビールの爽やかさを引き立てていた。

部屋に背を向けて、ベランダの手すりにもたれかかる。どうせなら自分の部屋の中より、外の景色を見ながら飲みたい。

とは言っても、住宅街の真ん中なので、見えるのは、似たような建物と、ぽつぽつと並んだ街灯くらいだ。建物の間からかろうじて見える車道の向こうにビールを買ったコンビニがあるけれど、この角度からは見えない。

このアパートの通りを挟んで反対側に、七階建てのマンションが建っていて、ここからの視界の大部分をふさいでいた。あっちのベランダは、家庭菜園をやれそうなくらいには広い。いいなあ、と思いながらクリーム色の壁を眺めた。

築年数は結構いっているようだが、数年前に中をリフォームしたらしく、家賃はフリーランスの漫画アシスタント兼イラストレーターとしては、ちょっと躊躇(ちゅうちょ)する金額だ。相場からいうとお手頃なのかもしれないけれど、それでも予算オーバーだった。

自分の連載を持てるようになったら、あそこに住みたいな。生活圏も変わらなくて、気楽だし。

三分の二ほど電気の消えているマンションの窓を眺め、そんなことを考えながら、二つめのチーズちくわを半分かじる。

私の部屋のベランダからは、隣のマンションの裏口というのか、駐車場と駐輪場から直接建物に入れる、東側の出入り口がよく見える。マンションの住人は、こちらの出入り口を利用する人も多いようだ。若奥様風の女性や、上品な中年女性、スーツ姿の男性などをよく見かけた。

ちくわの残り半分を咀嚼(そしゃく)しつつ、何気なく視線を建物全体から、東側出入り口へと落とすと、ちょうど、誰かが駐車場に入っていくところだった。

駐車場の明かりに照らされた顔を見て、あ、と思う。

コンビニで見かけた、あの女の子だった。このマンションの住人だったのか。

彼女の姿は、すぐに駐輪場の屋根と植え込みの陰に隠れてしまう。

よく見えなかったが、もう一人彼女の前を歩いていて、先に敷地内に入っていったようだから、保護者が娘をコンビニまで迎えに行ったか、夜遊びを叱って連れ帰りでもしたところかもしれない。

数メートルの距離にある隣の建物でも、どんな人が住んでいるかは、知らないものだ。

こういう何気ない人間観察から、漫画のネタが浮かぶかもしれない。

そうだ、あのラインストーンの髪留め、あのカラーリングとデザインを眼鏡に転用して、キャラクターにかけさせたらどうだろう。ずれた自分のセルフレームの眼鏡を直し、そんなことを思いつく。

私は買ってきた餃子をレンジで温めるため、一度部屋の中へと戻った。

アシスタントをした週刊連載の最終回が雑誌に掲載され、三週間が経過した。昼夜逆転の生活から解放されて、朝起きて夜寝る生活を送るようになったので、肌や髪にもハリが出てきた気がする。部屋を掃除して、スキンケアもして、気持ちにも、大分ゆとりができた。

今の私は、午前中に近所のおばあさんに呼び鈴を鳴らされても、余裕で対応できるのだ。

私はおばあさんから受け取った『水道管工事のお知らせ』がはさまれた回覧板を持って、一番遠い部屋から順に住人たちのところを回る。幸い、留守がちな住人も今日はタイミングよく在宅していて、スムーズに判子を集めることができた。留守のときは、郵便受けに差し込んでおくのだが、それだといつまで経っても次に回してくれない人もいるので、自分で直接判子をもらうほうが確実だ。

三人に押印してもらい、最後に隣の部屋に住む小崎（こざき）を訪ねた。

部屋を出る前に顔にパウダーをはたいて、眉を描き、リップを塗っていたが、念のため、インターホンを押す前にスマホのインカメラでおかしなところがないか確認する。彼とはゴミ出しのときなどに顔を合わせて、ボサボサ頭にすっぴんの姿を見られたこともあるので今さらな気もしたけれど、気持ちの問題だ。

小崎は片手にタブレットを持って出てきて、「お疲れ様っす」と回覧板を受け取った。今日は白地に卵かけごはんの絵がプリントされたパーカを着ている。さまざまなバージョンの卵料理の服を持っていて、よそいきはオムライスの柄らしい。以前、「可愛いですね」と声をかけたら、嬉々として説明してくれた。

フリーのライターだという彼は、たぶん、私より二つ三つ年下、二十代半ばくらいで、本人には言えないけれど、小学生のころ、近所で飼われていた犬にちょっと似ている。

「今読んで判子押しちゃうんで、ちょっと待っててもらっていいすか」

「お願いします。小崎さんはいつもすぐつかまるから助かります」

「在宅の仕事っすからね。お互い様っすけど」

小崎はタブレットを小脇に抱え直し、回覧板に目を通し始めた。ちらっと見えたタブレットの画面は、ネットニュースの記事のようだ。「遺体で発見」という見出しが見えた。

このアパートへ引っ越してきて半年ほどしたころ、一階に住んでいる古株の住人女性に、回覧板と一緒に理事長の役目を押しつけられた。

彼女とは、引っ越した直後にクッキーを持って挨拶に行って以来、顔を合わせるたびに言葉を交わすようになり、部屋に招かれてお茶をごちそうになったこともある。随分人懐っこい人だなと思っていたが、今思えば、彼女は最初から、私に狙いをつけていたのだろう。ある程度親しくなったところで、アパートの代表者である理事長を引き継いでほしいと切り出された。

「私なんていつまで元気でいられるかわからないから、そろそろ若い人にバトンタッチしておかないと」

そんな、まだまだお若いじゃないですか、と言ったが無駄だった。彼女は、あらおほほ、とお世辞だけ受けとって、理事長の役目はしっかり私に押しつけた。

理事長を引き継いで最初の回覧板を持っていったとき、私はよほど不本意そうな表情をしていたのか、小崎に「あ、今回から土屋(つちや)さんが理事長っすか」と気の毒がられた。

「理事長、どれくらいやったら次の人に引き継いでいいんですかね。どうですか小崎さん、次」

私が愚痴っぽく言うと、小崎は回覧板から目を上げないまま苦笑する。

「あー、俺は取材で家を空けてることも結構あるんで……それで、俺じゃなくて土屋さんに白羽の矢が立ったんだと思いますけどね」

似たようなやりとりを、何度したかわからない。

室内に戻って判子をとってきた小崎は、回覧板に紐でとりつけられた朱肉に判子を押しつけ、「回覧済」の欄に押印した。いつも大変すね、とねぎらいの言葉をかけられ、私は反省する。

隣室で年齢も近いうえ、似た業種ということで、小崎にはそれなりに親しみを感じていた。しかし、こうして愚痴ばかり言っていたら、愛想をつかされてしまいかねない。

「理事長って、何するんすか?」

「えっと……アパートの代表みたいな感じで、住んでる人たちから自治会費を集めたり、回覧板を受け取って各世帯に回したり……全員が回覧し終わったら隣のマンションに持っていったりとか」

こうして口に出すと、ねぎらってもらうほど大変でもないように思えてきて、急に恥ずかしくなった。

正直、回覧板はメールでいいし、賃貸アパートで理事長なんて要らないだろとか、いつの時代だよとは思うけれど、こうして住人同士が直接顔を合わせる機会を作ることには、意味があるのかもしれない。

自治会費の徴収やとりまとめといっても、五世帯しか入っていない小さなアパートでは大した負担でもない。年に一度の地域の自治会にアパートの代表者として出席する役目もあるが、私が就任してからはまだ一度も開かれていなかった。

「あ、隣のマンションってあれっすか？　あの、ベルファーレ上中(かみなか)。姉貴が住んでるんすよ」

「えっ、そうなんだ」

「結婚してて、苗字は違うんすけど。今立晶(いまだてあきら)って名前です。知ってます？」

「いや、回覧板は管理人さんに渡しておしまいだから、住んでる人は全然……でも、よさそうなマンションですよね。実はちょっと憧れてて」

小崎から、押印済の回覧板を受け取る。他の三世帯の住人にはもう押印してもらっているから、後はこれを隣のマンションの管理人に届けるだけだ。

「中見たかったら、いつでも姉貴に言いますよ。漫画家さんって言ったら、テンションあがりそうっす。格闘漫画ばっか読んでますけど」

「いえっ、そんな、私なんかまだ連載も持ってないし……小崎さんは、それ、仕事関係のやつですか？」

読切が二本載ったきり仕事がなく、五年以上プロアシスタント生活を続けてきた身なので、こうして漫画家扱いされると、気恥ずかしいを通り越していたたまれない。

話題を変えようと、小崎が判子を探している間も押印する間もずっと持ったままだったタブレットを指さすと、彼はああ、と初めて気がついたかのように頷いて、画面を見せてくれた。

「そうです。千葉市ＯＬ殺人事件。犯人の目星もついていなくて、行きずりの犯行かもって言われてる……」

「結構近くで起きた事件ですもんね。私も気になってました」

その事件のことなら、何度かニュースで観て知っていた。

作業をするときは、テレビをつけっぱなしにしている。音と映像が流れていたほうが、何故か集中できるのだ。そのとき画面は近すぎないほうがいいので、タブレットやスマホではなく、テレビで映像を流していた。

確か、印刷会社に勤務する女性が、ナイフでめった刺しにされて殺されたという事件だ。遺体が発見されたのはラブホテルと居酒屋の間の路地裏で、千葉市内……確か、ここから二駅ほど離れた場所だったはずだ。遺体の発見から半年近く経つのに、犯人はまだつかまっていない。

「最近は報道もされてないですよね。こんなに町中に防犯カメラが増えて科学捜査も発達した時代で、殺人犯がつかまらないなんてことあるんだなって、びっくりしました」

「他人に興味ない人が増えてますからね。……それと、これです。奥多摩女子大生殺人事件。覚えてます?」

小崎がタブレットを操作して、別の記事を画面に表示させる。

それも、以前、テレビで観た覚えのある事件名だった。

「あ、そういえば……そっちもまだ、犯人つかまってないんでしたっけ。物騒ですね」

ＯＬ殺人事件の何か月か前に起きた事件で、私立大学に通う二十歳の女子大生の撲殺された遺体が廃墟の奥で発見されたというものだった。廃墟は知る人ぞ知る心霊スポットだったらしく、女子大生は動画配信とブログ記事作成のために現場を訪れていたようだと報道されていた。

「この二件、何か似たものを感じるなって思って、それを記事にできないかなって」

「似て……ます？　ニュースを観たときは、特にそう感じませんでした」

東京と千葉、どちらも関東圏の事件とはいえ、距離は結構離れているし、撲殺と刺殺というように、殺害の手口も違う。被害者が若い女性、というところが共通してはいるけれど、女子大生とOLでは、全く同じではないし、報道された被害者の顔写真も、似たタイプというわけではなかった気がする。

私がそれを指摘すると、小崎は大きく頷いた。

「そうなんです、だからたまたま、犯人の手がかりのない事件が二件続いただけって見方も多い、っていうかそういう見解がほとんどなんですけど……二件とも、被害者に性的暴行の跡はなく、金品を奪われてもいないんですよ。なんていうか、殺すためだけに殺したように見えるっていうのかな」

こういう殺人って、意外と少ないんですよ、と彼は言って、タブレットに表示された記事をスクロールする。

「怨恨、ってことですよね」

「普通はそうっすよね。でも……」

小崎が何か言いかけたとき、スマホが鳴った。私のは部屋に置いてきたから、小崎のものだ。

「あっ、すみません」

「いえ、どうぞ出てください。判子ありがとうございました。私はこれで失礼します」

私は会釈をして、小崎の部屋の前を辞した。

小崎と話すのは楽しいし、漫画家のはしくれとして、事件の話に興味はあったが、わざわざ電話が終わるのを待ってまで立ち話を続けるほどではなかったし、回覧板を隣のマンションへ届けに行かなければならない。

スマホへと手を伸ばしながら小崎がこちらを振り返り、慌てた様子で会釈を返す。ドアが閉まる前、小崎のパーカの背中に、「NO EGG NO LIFE」と大きく描かれた文字が見えた。

私は念のため、すぐ隣の自分の部屋のドアに鍵をかけ、回覧板を小脇に抱えて外階段を下りて、隣のマンションへと向かう。部屋の電気はつけたままだが、数分で戻るのだからいいだろう。

これまであまり気にしたことがなかったが、マンションの名前はベルファーレ上中というらしい。小崎の言ったとおりの名前が、建物の壁にくすんだ銀の文字で貼ってあった。

管理人は気のよさそうな老人で、足が悪いらしく動きはゆっくりだったけれど、丁寧に建物のまわりを掃除している様子をよく見かける。今日も、植え込みの間から、駐輪場の掃除をしているのが見えたので、「こんにちは」と声をかけた。

腰をかがめてほうきで落ち葉を掃いていた管理人が、私の挨拶に顔を上げる。

「お隣のソノハイツの者です。回覧板を……」

「ああ」

ぐるりと回って、駐車場の出入り口から入ろうかと思ったのだが、彼はほうきとちりとりを壁に立てかけ、植え込みの間から出てきてくれた。

「すみません、こんなところから」

「いえいえ、ご苦労様です」

表玄関へ回るどころか、裏口の、さらに植え込みの間から声をかけるなんて、随分無精をしてしまったが、管理人は笑顔で回覧板を受け取ってくれ、また植え込みの間を戻っていく。

あっというまに用が済んでしまったので、私は外階段を上り、部屋に戻ってテレビをつけた。観たい番組があるわけではないが、作業を始める前にテレビをつけるのが癖になっている。続いて、いつものようにパソコンの電源を入れ、デスクの前に座ろうとして、今日は何も作業をする予定がないことを思い出した。週刊連載のアシスタントの仕事は先月で終わり、その後の細かなやりとりや、単発のイラストの仕事もすべて片付いた。今日は延び延びになっていた、新作漫画のアイディアを練ろうと思っていたのだ。

せっかくパソコンを立ち上げたので、メールチェックだけ済ませてしまおうとデスクチェアを引く。

テレビでは、午後のニュースが流れていた。聞き流していたが、

『……神奈川県山北町の山中で、身元不明の女性の遺体が発見された事件の続報です』

キャスターがそう読み上げるのを聞き、顔を上げた。いつもはそれほど真剣にニュースを観ないのだが、ついさっき小崎とあんな話をしたばかりだったので、反応してしまう。

キャスターは続報と言ったが、私にとっては初めて聞くニュースだ。作業中に何時間もテレビをつけっぱなしにする生活ではなくなり、ニュースを観る機会も減っていた。

『警察の発表によると、遺体で発見されたのは、伊勢原市在住の池上有希菜さん十七歳であると確認がとれ――』

テレビ画面には、遺体発見現場らしい山を上空から撮った映像が映っている。動いているのは捜査員だろう。続いて、被害者と思しき女性の顔写真が表示された。制服を着た、幼さの残る女の子で、写真の下に、『池上有希菜さん（17）』とテロップが出る。

あっと思った。

見覚えがある。

服装も髪型も違うけれど、先月コンビニの前で見かけた、あの女の子だ。

死んだ？

思わず椅子から立ち上がり、テレビの正面へ移動した。しかし、キャスターは、遺体の発見場所と被害者の素性、死後一か月程度が経過しており、他殺と見られること、警察は何らかの事件に巻き込まれたものと見て捜査していることを告げただけで、次のニュースへ移ってしまう。

写真が表示されたのは短い時間だったので、同じ写真がネットに出ていないかと、パソコンの前に戻り、検索する。

写真はすぐに出てきた。やはりあの子だ。化粧をしていないのを差し引いても幼く見えるから、写真は直近のものではないのかもしれない。それでも、同一人物のように思えた。

ニュースの後の情報番組でも、同じ事件について触れていた。遺族や近所の人から聞いた話をボードにまとめて、司会進行の女性アナウンサーとコメンテーターが解説をしている。

被害者、池上有希菜は高校を中退し、半年ほど前から友人宅を泊まり歩き、自宅に戻らないことが頻繁にあったため、行方不明者届は出されていなかったという。今回も、遺体発見の二か月ほど前から家を空けていたが、家族は彼女が友人の家にいるものと思っていた。実際は、都内のネットカフェや、その日に会ったばかりの誰かの家に泊まったりすることもあったようだ。

有希菜の友人が、彼女と連絡がつかなくなったことを不審に思い、有希菜の家族に連絡をしたのがきっかけで、ようやく家族は警察に相談するに至った。失踪時の外見が、山中で発見された遺体と一致したことから、身元の確認へとつながった――ということのようだ。

彼女が住んでいたのは神奈川県伊勢原市で、遺体が発見されたのも同県内の山中だ。それが何故、千葉市内にあるコンビニやマンションにいたのか。そう考えると、とたんに自信がなくなってくる。……見間違い、他人の空似だろうか。

狭い部屋の中を、意味もなく行ったり来たりしていたら、隣の部屋のドアが開く音がした。

アパートの壁は薄いので、玄関のドアの開閉音や、外廊下を歩く音はよく聞こえる。ライターの、しかも殺人事件について記事を書くと言っていた小崎なら、より詳しいことを知っているかもしれない。

私は急いで靴をつま先に引っかけ、廊下に出た。

玄関のドアに鍵をかけていた小崎がこちらを見る。スマホだけを尻ポケットに入れた、身軽な恰好だ。

「あ、土屋さん。さっきはすいませんでした。取材を申し込んでた先からの電話で」

「いえ。お出かけですか?」

「あ、コンビニに、飯買いに行こうと思って」

急ぎの用ではなさそうだ。一緒に行っていいですか、と一声かけて、急いで部屋へ戻り、私もスマホと鍵だけ手にとった。

「小崎さん、山北町で発見された遺体のニュースって、観ました? 今、身元がわかったってテレビでやってたんですけど」

歩き出しながら訊くと、小崎は当然というように肯定する。

仕事柄、国内の重大事件については把握しているようだ。

一か月前、この近くで見かけた少女が被害者とよく似ている、という話をすると、彼は色めき立った。

「まじすか。それたぶん、どこにも出てない話っすよ。特ダネかも、っていうか警察に情報提供……？　あ、情報と引き換えに捜査状況とか引き出せるかも。そしたらやっぱどっちにしても特ダネっす」

「ま、待って、落ち着いて。まだ本当に本人だったかもわからないんだから……そうかもしれないってだけで」

思った以上にテンションが高い。興奮していつもより早口になっている小崎に、私は慌てて言った。

「私が見たのが池上有希菜本人だとしても、彼女がここにいたことと事件とは無関係かもしれません。千葉へは知人を訪ねるなり何なりしただけで、神奈川県内へ戻った後で、何かに巻き込まれて亡くなった……ってことなのかもしれないし」

「そうだとしても、被害者の生前の足取りは、警察にとって意味がある情報でしょ。報せたほうがいいっすよ」

「そりゃそうだけど、そこまでの自信がないんですって」

最初に写真を見たときは彼女だと思ったけれど、改めて、絶対に間違いないかと言われると、断言はできない。

「確かに本人だったかと言われると、ちょっと……もともと知ってる人じゃないし、メイクとか髪型で雰囲気も違ったし。似てるだけの別人だったかも」

つい弱気な物言いになった。

人が死んでいるのだ。重要な情報かもしれない、届け出なければいけないという気持ちもある一方で、だからこそ、間違った情報で捜査を混乱させてしまっては、と躊躇する気持ちもある。

今にも通報しそうな勢いだった小崎も、私の言葉を聞いて、尻ポケットから取り出したスマホをしまった。

「そっか、警察に届ける前に確認できればいいんすけどね」

「コンビニの防犯カメラには写ってると思うけど、見せてくださいって言っても無理ですよね……」

話しながら歩いているうちに、件(くだん)のコンビニが見えてくる。

自動ドアをくぐると、店員に入店を報せる電子音が鳴った。

これまであまり意識したことがなかったが、見上げて探すと、レジカウンターの内側の天井や、入り口付近にもカメラが設置されている。これなら、客の顔もばっちり写っているはずだ。

弁当を選ぶ小崎に背を向け、私はスイーツコーナーを物色する。

毎年買っている期間限定のチョコミントスイーツがあったので、ラッキー、と売り場に残っていた三つすべてをつかんでかごに入れた。限定スイーツは一期一会。見つけたときに買っておかないと、次にいつ出会えるかわからないのだ。小崎と話をするためについてきただけだったが、思わぬ収穫だった。

「警察ならコンビニのカメラも見られるはずですから、やっぱりまず警察に言って調べてもらったほうがいいんじゃないすか」

チキン南蛮弁当と上海風塩焼きそばを両手に持って見比べていた小崎が、話題を戻す。

「うーん、でも、なんか違ってた気がしてきた……。とは言っても絶対違うとも言えない以上、気になっちゃうし……確認して、違ったってわかれば安心できるんですけど」

有用な情報かどうかがわからないうちは警察に通報したくないが、有用な情報かどうか判断するには映像を確認する必要があり、そのためには警察に言わなければならない。ジレンマだ。かといって、不確かな情報だからとこのまま何もせずにいるのは嫌だった。気になって眠れなくなる気がする。

私が買い物かごを提げたまま唸っていると、小崎が「あ、そうだ」と声をあげる。

「ベルファーレにも、防犯カメラってありますよね」

そっちならなんとかなるかも、と彼は言って、焼きそばを棚へ戻し、チキン南蛮弁当をかごに入れた。


「……チョコミントわらび餅?」

ベルファーレ上中五〇二号室の玄関先で、私の持参した手土産を、今立晶は、なんとも言えない不審げな表情で受け取った。

小崎の三つ年上の姉だという彼女は、背が高く、目のキッとした美人で、小崎とはあまり似ていない。声もハスキーで、とっつきにくそうな印象だが、「うちの姉貴元ヤンでちょっと怖そうっすけど、噛みついたりはしないんで」と小崎にあらかじめ言われていたので、心構えができていた。

「おいしいんですよ。癖になる味です。あっ、チョコミント、お嫌いでしたか」

「嫌いじゃないけど、わらび餅は初めてだな……ありがと、食べてみるよ」

あがって、と晶は私と、付き添いとして一緒に来てくれた小崎に一声かけて、部屋の中へと歩き出した。肩まで伸ばしたサラサラの黒髪が揺れる。私が同じ髪型にしても、こんな垢ぬけた感じにはならないだろう。

小崎が先に靴を脱いで、私を目で促した。お邪魔します、と言って私も彼に続く。

いきなり防犯カメラの映像を見せてくれとも言いにくいので、まずは、このマンションに憧れていて中を見たがっている友達がいる、と小崎から晶に話してもらった。いつか住めたらいいとは思っていたので、あながち嘘でもない。彼女は快く、私に部屋を見せることを了承してくれた。

弟が友達を連れてきた、くらいの感覚なのだろう、緊張している風も迷惑そうな様子もなく、気安い態度だ。

「どうする？　先に見て回るか、それとも、まずお茶でも飲む？」

「あ、先に見てから……っすよね？」

「はい。お願いします」

晶は、ん、と鷹揚に頷いた。

「全然好きに見ていいけど、勝手にドアとか開けにくいか。じゃ、案内するからついてきて」

晶はわらび餅を冷蔵庫へしまい、リビング、続きのダイニング、キッチンへ私たちを案内し、窓を開けてベランダを、そしてバス、トイレに寝室のドアも豪快に開け放って見せてくれた。どの部屋もシンプルなインテリアで、すっきりとしている。同じ部屋でも、私が住んだら、仕事の資料や趣味のもので溢れかえって、これほど広々とした印象にはならないだろう。

リビングのソファにあざらしのぬいぐるみがあり、それだけがちょっと意外だなと思っていたら、以前小崎がプレゼントしたものだそうだ。クッションがわりにされているのか、頭部がつぶれて平べったくなっていた。

「間取りはこんな感じ。うちは2LDKだけど、3LDKの部屋も1DKの部屋もあるそうだから、今空いてるのがどのタイプかは、ちょっとわかんねえけど」

全部屋を回り、最初に見たリビングへと戻ってきて、晶が言った。

「上の階に友達が住んでるから、見たかったらそっちの部屋も見せてもらえると思うけど、そこも間取りは同じだからなあ。1DKとか3LDKも見たい？」

「あっいえ、大丈夫です。だいたいの感じはわかりましたし、実際に借りられるようになったら内覧希望を出しますから」

「そっか。エレベーターホールとか共用部分も見る?」

「あ、それくらいだったら俺が案内するし、さっきざっと見てきたから」

小崎の言葉に、私も頷く。

五〇二号室に来る前に小崎と二人で確認したが、正面玄関に一つ、裏口へと続く駐車場の入り口にも一つ、防犯カメラが設置されていた。建物へ入る裏口自体にはカメラがないが、あの夜、私が目撃した彼女は、駐車場の入り口から、駐輪場の前を通って敷地に入っていった。防犯カメラには写っているはずだ。

今日の目的は、駐車場の入り口に設置された防犯カメラの映像を見せてもらうことだった。

「じゃ、お茶にするか。酒饅頭もあるし。優哉(ゆうや)が出張土産に買ってきたやつ」

優哉くんって、姉貴の旦那さんね、と小崎が小声で教えてくれる。

その後、晶が、キッチンでお茶を淹(い)れてくれた。

ちらっと見えた黒い湯沸かしポットは、有名なメーカーの高級品だ。

それ、かっこいいですね、と私が言うと、会社の忘年会のビンゴで当たったのだと教えてくれた。彼女自身は、あまりこだわりはなさそうだ。自然体で気取らない感じで、学生時代は、さぞかし同性の後輩に慕われただろうな、と思わせる雰囲気がある。小崎は「元ヤン」と言っていたが、むしろ、運動部のエース、頼れる先輩、というイメージだ。

湯呑みと一緒に箱ごと出された酒饅頭を見つめて、カメラのことをどう切り出そうかと考えていたら、何を勘違いされたのか、チョコミントわらび餅は後で食べるから、と言われてしまった。

「あ、いえ、あれは日本茶と合わせる感じの食べ物じゃないので……お饅頭、いただきますね」

慌てて顔を上げて言った。

「いいマンションですよね。駐車場も駐輪場もあって。今回初めてエレベーターに乗りました。回覧板を届けに、一階の管理人室まで来たことはあったんですけど」

小さめの酒饅頭を箱から取って、二つに割って一口食べ、お茶を飲む。お茶は熱く、かなり濃いめだったが、小崎も晶も平気で飲んでいるので、彼らの家ではこれが当たり前なのだろう。夜飲んだら眠れなくなりそうなお茶だったが、甘いものには合っていた。

「こちらの住人の方とは、ほとんど面識がないんです。晶さんとも、お会いするのは初めてだし……ゴミ出しのときとか、顔を合わせていてもおかしくないのに」

「ああ、うちはゴミ出しの時間、自由だからな。一階にゴミ置き場があって、曜日とか時間関係なく出していいことになってるんだ。それを管理人さんが、収集日にまとめて出してくれてる」

「えっすごい、それいいですね！　ゴミ出し自由、いいなあ！　私、不規則な仕事で、朝起きて収集時間までにゴミ出すのがほんと大変で……」

夜の間にゴミを出すのはマナー違反だと知ってはいるけれど、収集車が来る朝八時半という時刻は、仕事を終えてようやくベッドに入り、ちょうど眠りが深くなるあたりだ。だからせめて、そろそろ夜明け、ぎりぎり朝と言えなくもない、というような時間にゴミを出して、それから寝るようにしていた。ここ最近はもっと早く就寝できているのだけど、それでも、夜更かしをする癖がついてしまっているので、朝八時半までに起きてゴミを出すのはちょっとつらい。

晶は、漫画家なんだっけ？　大変だな、と言って、まだ熱いはずのお茶をすすった。

「ところで、それ、そのピアス。さっきから気になってたんだけど」

餃子？　と尋ねられ、私は耳元に手をやる。

小指の先ほどの大きさのプラスチックの焼き餃子が揺れるピアスは、私のお気に入りだ。ジョッキに入ったビールの形のピアスも持っていて、餃子とビールを片耳ずつつけることもある。

晶は、チョコミントわらび餅を受け取ったときと同じ表情をしていた。

「あ、はい。食品サンプルのお店で買ったんです。こういうの好きで」

「何か漫画家っぽいな」

「そうですか？　割と一般的というか、好きな人、多そうなイメージなんですけど……」

「いや、私も好きだけどさ餃子は。食うのが」

呆れた様子だが、馬鹿にしている風ではなく、むしろ、なんとなく親しみを感じる口調だ。

私たちの間の空気が悪くないと察したらしい小崎が、すかさず言った。

「それでさ、姉貴、実はもう一個お願い、っていうか相談があって」

「あ?」

「あ、そうなんです。あのですね、私、一か月ほど前……」

事情を話すと、晶は最後まで聞いて、なるほどカメラか、と頷いた。

「どうせそっちがメインだろ。そういうことは早く言えよ」

「あはは……もーちょっと打ち解けてからと思って。土屋さんがマンションの中、見たいって言ってたのは本当だし。そっちはついでだったわけだけど」

姉弟の気安さからか、小崎は悪びれる風もなく言って、ダイニングテーブルに身を乗り出すようにする。

「でさ、加納(かのう)さんて今、このマンションに住んでんだよね。土屋さん、確かなことが言えないうちに警察に届けるのはちょっと、って言ってて……加納さんに話聞いてもらえないかな」

加納さん? と私が小崎を見ると、彼は「姉貴の友達。警察官」と簡潔に説明した。

「あー、取り次ぐのはいいけど、あいつ今忙しそうだからな。春のOL殺人事件の犯人、まだつかまってねえだろ。帰ってくんのは大抵深夜だって言ってたし」

小崎が記事を書くと言っていた、千葉市在住のOLが刺殺された事件だ。その担当をしているということは、加納という晶の友人は刑事なのだろう。いざとなればその人に情報提供できるとしたら、一一〇番するより大分気楽だ。とはいえ、知り合いの知り合いだからといって、刑事を不確かな情報で振り回すわけにはいかない、ということは変わらない。そんなに忙しい人なら、なおさらだ。

私の思いを察したのか、

「どっちにしても、まずは防犯カメラか。正面入り口じゃなくて、駐車場のほうのカメラだな」

晶はそう言って、考えるそぶりを見せる。

「さすがにデータは渡せないけど、マンション内から持ち出さなければ……管理人室で見てもらうことならできるかもな」

「ほんとですか」

うん、と頷いて彼女は急須に手を伸ばし、私と自分の湯呑みにお茶を注ぎ足す。俺は？ と言った小崎に、「自分で淹れろ、ポットはそこ」と空になったらしい急須を押しつけた。

「防犯カメラの映像は、管理人か理事長の立ち会いがないと見られないことになってるんだけど、それってつまり、どっちかが立ち会ってくれれば見られるってことだろ。今、加納のとこが理事長やってんだよ。あいつあんまり家にいねえから、動いてんのは妻のほうな。見せてほしいって言っとくよ」

晶はその妻のほうとは個人的に連絡をとりあうような関係ではないらしい。一つ上の階に住んでいるという彼女が帰宅したのが足音等でわかったら、部屋を訪ねて話をしてみるつもりだと言うので、ありがたいが、恐縮してしまう。

「すみません。急に押しかけて変なお願いをして」

「いいよ。事情が事情だし。公益のためってやつだろ。ていうか、こいつ、あわよくばネタにしようって思ってるから」

親指で小崎を指して晶が言った。

あ、バレてる、と小崎が笑う。

小崎にもメリットがあると思えば、少し気が楽になった。

晶に礼を言って、ベルファーレ上中を後にする。

来たときは正面玄関から入ったが、帰りは裏口から出た。

駐車場に、何台かの車が並んでいる。裏口に一番近い位置には、グレーのバンが停まっていて、体格のいい男性が運転席へと乗り込むのが見えた。運送業者かと思ったら、住人の車らしい。

その隣に停まった車から、買い物袋を提げた中年の女性が降りてきて、私たちと入れ違いに裏口から建物へ入っていく。

駐輪場には屋根があって、裏口まで続いている。駐車場から駐輪場までもすぐだから、車から降りて走れば、雨の日でもほとんど濡れずに建物に入れるわけだ。今のアパートも悪くはないけれど、雨の日の外階段は滑って危ないし、車を停めるスペースもない。やはりいつか、こういうマンションに住みたいものだ。

手が届かないほどの高級マンションというわけではないから、私の頑張り次第だ。今日こそ新作のネームを進めるぞ、と決意した。

「今日はありがとうございました」

「いえいえ。姉貴から連絡来たら、すぐ伝えますから」

小崎と、お互いの部屋のドアの前で別れる。晶の口利きで、ベルファーレのカメラの映像を見せてもらい、あのピンクの髪の少女が事件の被害者と同一人物かを確かめたら、加納を通して、警察に連絡する。そういうことになっている。

映像を見るときは、是非俺にも立ち会わせてくださいね、と小崎は笑顔で言った。


ふと気づいて時計を見ると、午前三時を少し過ぎたところだった。

今は〆切など関係がない立場なのだから、もっと早くベッドに入ればいいのだが、ネームに詰まって動画を観たり資料をぱらぱらとめくったりしているうちに時間が過ぎていた。

眠気でぼんやりしてしまい、今日はこれ以上頑張っても成果は得られそうにない。

まだ夜明けまでは時間がある。ゴミ出しは朝、と決まっているので、せめて、もうすぐ夜明け、と言えるくらいの時間までは待ちたかったのだけれど、このまま五時まで起きていられる自信がなかった。寝落ちしてしまい、気づけば朝、収集車の来る時間を大幅に過ぎている……ということになりかねない。

私はヘッドフォンを外し、あらかじめまとめて玄関に置いてあったゴミ袋を持って部屋を出た。夜明けまであと二時間弱といったところか。隣人たちにも、それくらいは目をつぶっりる。

てもらえるだろう。音が響かないよう、そっとドアを閉めて鍵をかけ、忍び足で外階段を下りる。

アパートの前のゴミ収集場所へ行くと、すでに二つほど、ゴミ袋が置いてあった。自分だけではなかったことに、なんとなく安心しながらゴミ袋を端に置き、上から緑色のネットをかぶせる。

ベルファーレ上中の駐車場の明かりと、街灯のせいで、表の道は明るい。

しかし、さすがに人通りは全くない。

ゴミを出し終えた私は、早足で来た道を戻り、ベルファーレ上中の前を通り過ぎながら、何気なく建物のほうへ目を向けた。

駐輪場の植え込みの隙間から、黒っぽい服を着た男性が建物へと入っていくのが見えた。

人がいるとは思わなかったので一瞬びくりとしたが、普通に考えて、マンションの住人だろう。駐車場を通って、裏口から帰宅するところなのだ。

こんな時間に、と思い、その瞬間、帰宅がいつも深夜になるという、晶の友人のことを思い出した。警察官で、マンションの理事長もしていて今は忙しいようだと晶は言っていた。

そのとき、偶然か、それとも私の視線を感じたのか、彼はこちらを振り向いた。

目が合って、私は思わず会釈をし――その後で、自分が夜道でマンションの敷地内を覗いている不審者に見えることに気がつく。しかも、よれよれの部屋着姿だ。

「こんばんは」

不審者ではないことをアピールしなければ、と思い、とっさに声をかけていた。

「あの、加納さんですか？　理事長の」

彼は、驚いている様子だったが、小さく頷いたように見えた。見知らぬ女に、深夜、植え込みの隙間から突然話しかけられたのだから、警戒するのは当然だ。

私は慌てて続けた。

「私、隣のアパートの土屋といいます。防犯カメラのこと、聞いてらっしゃいますか。私が見かけた女の子のことで……」

彼は何のことかわからないというような表情をしている。

晶か、晶から話を聞いた彼の妻から連絡を受けているかもしれないと思ったが、考えてみれば、まだ聞いていなくて当然だ。こんな時間に帰宅するほど忙しい人なのだ。

つい声をかけてしまったことを後悔した。晶たちも、私が実際に映像を見て少女が被害者と同一人物だと確信できるまで、加納には何も言わないつもりだったかもしれないのに。

「いえ、あの、何でもないんです。ごめんなさい、こんな時間に……お引き止めしてすみませんでした」

「……いえ」

変に思われたかもしれない。失敗した、と顔が熱くなったけれど、暗いので目立たなかったはずなのが、不幸中の幸いだった。

恥ずかしさをごまかすため駆け足になったが、外階段を駆け上がる前に気がついて足音を忍ばせる。こんな時間に、金属製の階段で靴音を鳴らさないくらいの分別はあった。

逃げ込むように自分の部屋へと戻り、鍵をかけてから、大きく息を吐く。

この先、再び加納と顔を合わせることになったら――たとえば、ピンクの髪の少女がやはりあの事件の被害者だったとわかり、情報提供をすることになったときに――と想像しただけで気まずくなる。

彼は、情報提供者があの夜の挙動不審な女だ、と思い出すだろうか。

いや、そのときは、大事件についての情報提供を受けるときなのだから、加納もそれどころではないはずだ。それに、もし映像を見て、あの少女が被害者とは別人だとわかったら、もう加納とは会うこともないのだし。

自分に言い聞かせ、私は恥ずかしさを振り払うように部屋着を脱ぎ捨てた。


「土屋さん、残念なお知らせっす」

晶に会って話した二日後、「小崎っす」という声とともに呼び鈴が鳴り、玄関のドアを開けると、目玉焼きのイラストのパーカを着た小崎が、眉尻を下げて立っていた。言わなくても、顔を見れば残念な知らせだということがわかる。思わず垂れた耳と尻尾を描き足したくなるような、それこそ絵に描いたようなしょんぼりした表情だった。

「カメラの映像、見せてもらえないんですか」

「いえ、加納さんが立ち会えば土屋さんも俺も見ていいとは言ってもらったんですけど……ベルファーレの防犯カメラのデータ、一週間分しか残してないそうなんです」

すみません、と言って彼はさらに肩を落とす。

「なんとかならないかってちょっと調べてもらったんですけど、もうデータは上書きされちゃってるって。商業施設なんかでは二週間くらい残してるとこもあるそうなんすけど……」

私は、小崎さんが謝ることないですよ、と慌てて言った。

「ないものは仕方ないです。ニュースを観てすぐお願いしていたとしても、一週間でデータが消されちゃうんじゃ、間に合いませんでした」

遺体が発見されたことをニュースで知ったのは、二日前だけれど、私がピンクの髪の少女を見かけたのは、それよりもっと前で、一か月ほど経っている。あの少女が被害者なのかも、と気づいた時点でもう、防犯カメラの映像を確認するチャンスはなかったのだ。

残念だけれど、仕方がない。どうしようもないのだから、むしろあきらめがつくというものだ。

「色々ありがとうございました。加納さんにも、お礼を言っておいてください」

私が頭を下げると、小崎は、「土屋さんはそれでいいんですか」と声をあげた。

何故か彼のほうが不満げにしているのがおかしくて、苦笑してしまった。

「今思えば、本当にテレビで見た被害者だったか、ちょっと自信がなくなってきて……そもそも神奈川の子が、こっちにいるのもおかしいっていうか、なんで？　って感じですし。最初から別人だったのかも」

「でも、だからこそ、もし本人だったら、捜査の重要なヒントになりそうじゃないですか」

「それはそうですけど」

確認のしようがないのだから仕方がない。ベルファーレ上中に限らず、一般的な防犯カメラの映像が一、二週間で消えてしまうものなら、最初に彼女を見かけたコンビニのカメラのほうもだめだろう。

口ごもる私に、小崎は一歩分距離を詰め、

「それでですね」

と口を開いた。

「加納さんにマンションの住人のリストを見てもらったんですけど、ベルファーレには、高校生くらいの若い女の子は住んでいないみたいなんです。土屋さんがその子を見かけたのは、深夜だったんですよね。普通なら、そんな時間に出入りしなくないですか。住人でもないのに」

さきほどまでのしょげた様子は鳴りを潜めている。声に勢いがあり、目にも光が戻っていた。

「土屋さんが見たのが被害者の女の子じゃなかったとしても、その子はそんな遅い時間に何故、ベルファーレに入っていったのか……気になりますよね。何かちょっと、秘密のにおいがしませんか」

小崎はまだ、調査をあきらめていないらしい。

正直、私には、あの少女が被害者でなかったのだとしたら、彼女が何故あの夜あそこにいたのかは別に気にならなかった。深夜に若い女の子をマンションに招き入れること自体は、犯罪でもなんでもない。住人ではないとしても、住人の誰かの恋人だったとか、友達だったとか、そういう話ではないのか。……買春、という可能性も頭に浮かんだけれど、さすがに口には出さない。

「でも、映像がないんじゃ、そもそも私が見たって証拠もないし、記憶違いかもしれないし……被害者本人かもわからないわけで、警察に言うほどのことじゃないですから」

「現段階では、警察には、そうっすね。でも俺はライターっすから、証拠がなくても何かありそうだって思ったら動きます」

小崎はぐっと右手の拳を握り、小さくガッツポーズをするような仕草で宣言する。

つまり彼は、この件について、何かありそうだ、と思っているということだ。いまいちその根拠はわからない。ライターとしての勘だろうか。

私は気圧(けお)される形で頷いた。小崎が何故こんなにやる気なのかはわからないが、私だって、真相を知れるものなら知りたい。せめて、自分の見たものに意味があったのかなかったのかだけでも。

「……お、お願いします」

小崎は私に頷き返す。

「まずは、神奈川県の山の中で見つかったっていう被害者が、発見されたとき……もしくは、失踪した当時、ピンクの髪だったかどうか、調べてみます。こう見えて、警察内部にも、いろいろ伝手があるんすよ。他県の事件ですけど、なんとかなると思います」

なるほど、と私は膝を打った。もう調べようがないと思っていたが、言われてみれば、だ。発見された被害者の髪がピンクではなかったのなら、自分が見たものは事件とは無関係だったのだとわかって安心できる。もし被害者がピンクの髪をしていたのなら、それは、関係者以外は知り得ない情報だ。私の目撃情報を、警察も信じて、捜査に役立ててくれるだろう。どちらにしても、それならすっきりする。

「ありがとうございます。頼りにしてます」

小崎は嬉しそうに、任せてください、と胸を叩いた。

思いがけず新作漫画のネームがはかどり、一気に完成させて担当編集者にデータを送信しほっとしたところで、空腹を自覚した。気がついたら、もう午後十時を過ぎている。深夜というほどの時間ではないけれど、夕食も食べずにこんな時間まで作業をしていたのは、アシスタントの仕事がなくなって以来久しぶりだった。

眼鏡を拭いて、夕食兼夜食を買いに行こう、と立ち上がる。

ゆるゆるのスウェット姿のまま外へ出るのはどうかと思って、下だけ穿き替えた。部屋着よりはいくらかましという程度のコットンパンツは、ここ一か月ほど、ちょっと外へ出るときの定番になっている。すぐ着られるようにずっとベッドの上に出しっぱなしになっていた。明日こそ洗濯することを心に決める。

ちょっとコンビニまで行くだけだし、と思っていたが、ノーメイクの顔が洗面所の鏡に映ったのを見て、いくらなんでもこのまま外に出るのはだめだ、と思いとどまった。

適当にまとめただけだった髪を一度解(ほど)いて、おだんごにした。スタイリング剤を使っていないのであちこち毛先が飛び出しているけれど、数分前よりは大分ましな見た目になる。

あとは財布とスマホだけを持って、家を出た。足音が響かないよう気をつけて外階段を下りながらスマホをポケットに入れると、前に買い物をしたときのレシートがポケットに入ったままだった。

「土屋さん」

コンビニでお好み焼きとカップサラダとデザートを買った帰り道、ベルファーレ上中と自宅アパートの間の道で、声をかけられた。

びくっとして振り向くと、街灯の下に、男が立っている。

その顔を見て、一瞬誰かわからなかったが、すぐに思い出した。

「えっと……加納さん？　ですよね」

数日前の夜にも、一度会った。あのときは、植え込みの間から一方的に私が話しかけただけで、会ったとも言えないようなやりとりだったけれど。

先日は突然すみませんでした、と私が頭を下げると、彼はほっとしたように頷いた。

「いえ、そんな。覚えていてくださってよかったです。こんな夜に、突然すみません。防犯カメラの映像のことで……」

私は頭を上げる。この様子だと、彼は、あの夜の私の挙動不審ぶりについては気にしていないようだ。

「あ、はい。もうデータが残っていなかったって、うかがいました」

「そうなんです、残念ながら……。それについてはお役に立てなくてすみませんでした。でも、私も、土屋さんが見かけたという女の子のことが気になってしまって。その年ごろの女の子は、ベルファーレには住んでいないはずなので」

「うわ、何か、逆にすみません。お忙しい刑事さんを煩わせるつもりはなかったんですけど」

「いえ、自分の住んでいるマンションのことですから」

着替えて、髪も直しておいてよかった、と心底思いながら私は手で前髪を直す。

メイクもしておけばよかった。せめて眉だけでも描いていれば。

「それでですね、実は、見ていただきたいものがあるんです」

「私に?」

はい、と頷いて、彼は真剣な表情になった。

「土屋さんのお話が気になって、最近の録画をざっとでチェックしてみたんです。そうしたら、数日前、住人ではない若い女の子がマンションに出入りしている様子が、カメラに写っているのを見つけました」

「えっ」

「こう、フードをかぶっていて、よくわからないんですが、角度によっては、髪の一部が赤っぽいようにも見えます。もしかして、土屋さんが見かけたというのはその子じゃないかと……」

私は、コンビニの前ですれ違った少女のことを思い出す。確か、あの夜もパーカを着ていた。だからといって同じ少女かどうかはわからないが、可能性はある。

数日前、ということは、神奈川県の山中で池上有希菜の遺体が発見された後だ。

カメラに写ったのが私の見たピンクの髪の少女だったら、あの子は池上有希菜ではなかったということになる。

そうでありますように、と願った。

住人でもないのにたびたびベルファーレ上中を訪ねて何をしているのか、ということは気になるけれど、遺体で発見された被害者ではないというだけで、ぐっと私の気持ちは楽になる。

「それで、よかったら、一度映像を見ていただけないでしょうか。こちらの都合で申し訳ないですが、なかなかタイミングが合わなくて、こんな時間に……すぐ済みますから」

「はい、もちろん。大丈夫です。お忙しいですもんね」

いつも帰りが深夜となると、加納が立ち会える時間帯は限られているだろう。まだ日付も変わっていないこれくらいの時間は、私にとっては遅いというほど遅くもない。

私がアパートのほうを振り返ると、彼は察したかのように「ああ」と笑った。

「彼にはもう来てもらっています。さっき、お二人とも一緒に呼びに行ったんですが、土屋さんはお留守だったので……」

「あ、ちょっとコンビニに行ってたんで」

「もしかしたらそうかなと思って、前の道まで出てきてみたんです」

幸い、すぐに冷凍庫に入れなければいけないようなものは買っていない。

このまま、ベルファーレへ移動することにした。

「いつも遅くまで大変ですね」

「今日は早いほうなんです。土屋さんたちが夜型の方たちでよかったですが、深夜二時とかになってくると、さすがに……。この時間でも、非常識かなとは思ったんですけど、私が、日付が変わる前に帰宅できることが滅多にないので」

「すみません、お忙しい中……」

「いえいえ、とんでもない」

和やかな会話を交わしながら、駐車場に入る。

加納は刑事というより、営業マンのようだ。刑事が皆強面(こわもて)だと思っていたわけではないけれど、それにしてもちょっと意外だ。聞き込みや取り調べのとき、相手に心を開かせて話を聞き出すためには、これくらい人当たりがいいほうが有利なのかもしれない。漫画に刑事を出すときの参考にしよう。

「管理人室で見るんですか？」

「いえ、別の部屋です。警備室にモニターがありますから」

駐輪場の前を通って裏口に入るのではなく、駐車場から直接建物の中に入れる扉が、壁に取り付けてある。金属製の扉を開けて、加納は、「どうぞ」と私を先に中へ通してくれた。

このマンションには警備室などというものまであるのか、と感心しながら足を踏み入れる。

簡素な電球に照らされた、コンクリート打ちっぱなしの壁と天井が目に入る。

室内を見回して、あれ、と思った次の瞬間、ごっ、と後頭部に強い衝撃があった。

眼鏡が飛んで視界がぼやける。

前のめりに倒れながら、何かが落ちてきて頭に当たった、と思った。

倒れ込んだ床は冷たくて、かびたようなにおいがした。衝撃はあったが、痛みは感じなかった。それを痛みと認識できなかっただけかもしれない。

えっ、何？　何で？　と言ったつもりだったけれど、声は出ていなかった。

顔が濡れているような気がする。

床の上から目だけを動かして見上げると、何か金属の棒のようなものを手にして立っている誰かが見えた。

靴音が近づいてくる。ぼやけて顔のわからない誰かが、私の上に屈みこむ。
首に紐状の何かが絡んだ。
そう感じた瞬間、意識が遠くなる。

寺内嵩

少しずつ秋めいて、朝と夜は肌寒さを感じることも増えてきた。私は上着を着て、ちりとりとほうきを持ち、駐輪場へ出た。

建物のまわりの掃除は、管理人業務の一つだ。雨の日以外は毎日、決まった時間に行うようにしている。春は春で、夏は夏で、花や緑の葉が落ちているものだが、この季節は特に、落ち葉が増える。

開(ひら)けた形になっている駐車場はともかく、大して広くもない駐輪場のほうは、木や植え込みがすぐ近くにあるせいか、一日掃除をしないだけで、落ち葉がたまってしまう。

どれだけ掃いてもきりがないでしょうと言われたことがあるが、掃き終わった直後はきれいになる。たった一日しか持たなくても、成果が目に見えるので、気持ちがよかった。自分のペースでゆっくり作業ができるし、重労働というわけでもない。マンションを出入りする住人たちと言葉を交わす機会もできて、どちらかというと好きな業務だ。

ちりとりを壁際に置いて、勤務場所であり、住処でもあるマンション、ベルファーレ上中を見上げる。外壁には多少くすみがあるものの、数年前にリフォームされ、中はきれいだ。

以前は、今のような管理人室はなく、通いの管理人の待機場所として用意されたスペースと備品用の物置があっただけだったのが、そのリフォームの際に、日当たりが悪いため不人気で人が入らなかった単身者用の一階の一室とつなげて、管理人の住居兼事務所にしたらしい。私が管理人に着任したのは、リフォームされた後のことだ。

建物の管理人をするのは初めてではなかったが、同じような仕事でも、若いころのようにはできなくなった。七十を過ぎたあたりから膝が痛むようになり、ゆっくり歩く分には問題ないが、以前より階段の上り下りに時間がかかる。最近とみに、体力的な衰えを感じる。昔はもっときびきびと動けたのに、と歯がゆい思いをすることも増えた。しかし、これぱかりはどうにもならない。できることを、できるようにやっていくしかない。

遠慮がちに声をかけられ、振り向いた。

住人かと思ったが、声は敷地の外から聞こえた。見ると、道路と駐輪場を隔てる植え込みの向こうに、眼鏡をかけた女性が立っている。

「こんにちは」

見覚えのある顔だった。道路を挟んだ隣にあるアパート、ソノハイツに住んでいる女性だ。住人代表として、ときどき地域の回覧板を持ってくる。今日も、その手に回覧板があるのが、植え込みの隙間から見えた。

駐車場の出入り口から、ぐるっと回ってソノハイツのほうまで行くか、前の道を互いに少し歩いて中間地点で彼女と合流すればよかったのだが、横着をして、植え込みの隙間から出て受け取った。私の身体が擦れてぱらぱらと葉が落ちたが、どうせこれから掃除をするのだ。

恐縮した様子の彼女から回覧板を受け取り、判子のかわりに、シャツの胸ポケットに挿していた自前のペンで受け取りのサインをする。エントランス脇の郵便受けに入れようと歩き出したところで、一度置いたほうきをわざわざ持ってきてしまったことに気がついた。無意識の行動だ。思わず苦笑する。若いころは、こんなことはなかった。もっと、自分の行動を完璧にコントロールできていたはずだ。

一人で首を横に振りながら郵便受けへと近づいたところで、住人用のエレベーターの扉が開いて、加納彩（あや）が降りてきた。

「おはようございます、寺内（てらうち）さん。いつもありがとうございます」

私が手にしたほうきに目をとめて、いつものように挨拶をしてくれる。

白いブラウスとラベンダー色のスカートがよく似合っていた。笑顔を向けられ、心が浮き立つのを感じる。

「おはようございます。掃除の途中だったんですが、回覧板が届いたので、郵便受けに入れにいこうと思って……うっかりほうきを持ったまま来てしまいました」

「あら、それならここでいただいていきますよ。私が回しておきますから」

彩はマンションの理事長で、もともと、回覧板を最初に確認する役目だ。

お願いしていいですか、と回覧板を手渡すと、彼女はにっこり笑って受け取った。

「助かります」

「いいえ、ちょうど、郵便受けを見にきたところだったんです」

自分が管理人になって、まだ三年ほどだ。ファミリータイプの部屋が多く、住人の入れ替わりは激しくないから、割と長い間、どの住人よりも管理人である自分が新参者だったが、ここ一年で二世帯、新しい家族が入居した。彩はその新しい入居者の一人だ。

皆が面倒がる理事会の仕事を快く引き受け、熱心に活動している。いつも親切に声をかけてくれる。

彼女を見ると、初恋の女性のことを思い出した。もう顔もうっすらとしか覚えていないが、彩に似ていたような気がする。

恋などというものとは、もう、随分遠いところにいると自覚しているが、それでも美人に優しくされれば嬉しくなった。

明るい気分で、私は彼女と別れ、駐輪場へと戻る。

壁に立てかけておいたちりとりを手にとって、落ち葉掃きを再開した。こういうことがあると、管理人業務も悪くないと思える。

そういえば、二階の廊下の電球が一つ、消えかかっていた。替えは確か、倉庫にあったはずだ。後で見ておこう。それから、共用スペースの掃除もして。ああ、今日あたり、来客がありそうな気がする。急ぎの仕事は先に済ませておいたほうがいいだろう。

幸いベルファーレ上中には、夜中に騒音を出したり、異臭を放置したりといった迷惑行為をするような住人はいない。小さな子どもと受験生、というような、相性のよくない住人がいないのもあって、住人同士のトラブルはほとんどなく、かなり平和な部類に入ると思う。それでも、困った住人が全くいないわけではない。その対応も、仕事の一つだ。

中には、たびたび管理人室を訪ねてきて、長居をする住人もいる。私の仕事ぶりに不満でもあるのかと思ったら、そういうわけでもないらしく、ただ、延々と自分の話をしたり、私の話を聞きたがったりする。最初のころは、引っ越してきたばかりで友人がいないからだろうと思い、仕事の邪魔にならない程度なら、と相手をしていたのだが、もうじき一年になる。慕われているのだと思えば悪い気はしないし、自分より若い人と話すことは刺激になって楽しくもある一方で、疲れもする。時間をとられるせいで管理人としての業務にも支障が出つつあり、頭が痛かった。

とはいえ、それも含めて、この仕事にはやりがいを感じている。

私はゴミ置き場からとってきた袋に掃き集めた落ち葉を詰め、口をしばった。大判のゴミ袋だから、もう後二、三回分は入りそうだ。

ゴミ袋とちりとりをいっぺんに持ち、ほうきを脇に挟んで鉄製の扉を開ける。

駐車場からも廊下からも出入りできるところにゴミ置き場があるのは本当に便利だ。

Chapter 2

1

「やっぱさあ、おかしいって。絶対」

目玉焼きの絵のついたパーカの袖をまくり、キャベツをちぎってジップつきのポリ袋に入れながら、涼太(りょうた)が言った。

「だって、何の連絡もなくさ。部屋の契約もそのまんまらしいし。家具とか荷物も残ってるから、夜逃げとかなわけないし」

ついさっきまで、両親の入っている介護つき高齢者用マンションを訪ねる日程調整の話をしていたのに、しばらく黙っていたかと思ったらこれだ。話題が途切れると、そのたびに同じことを考えてしまうらしい。

私は六個分のゆで卵の殻を剝き終え、タッパーに満たした出汁(だし)に漬ける。出汁の味を見て、少し酢を足した。酢を入れた出汁に卵を漬けこむ味付け卵は、私と涼太が子どものころから母がよく作ってくれた定番のおかずだった。

「おまえに何の連絡もないのは普通だろ。ただのお隣さんなんだから」

そりゃそうだけど、と涼太は唇を尖らせる。そういう仕草や表情は、子どものころから変わらない。

一週間ほど前、涼太のアパートの隣の部屋の住人が姿を消した。

涼太はそれを「失踪」と言ったが、成人女性が数日自宅に戻っていないというだけのことだ。涼太が「中で倒れているかもしれない」と適当な理由をつけて、大家の立ち会いのもと中へ入れてもらったところ、室内が荒らされているようなこともなく、財布やスマホもなかったそうだから、警察が動くような話ではない。届け出たところで、自分の意思で姿を消した可能性が高いとして、事件性はないと判断されてしまうだろう。

ただ、彼女の仕事道具でもあるPCの電源が入ったままだったのが、涼太は気になっているらしい。旅行にしろ何にしろ、長期間自分の意思で家を空けるなら、電源くらい落としてから行くのではないかというのだ。それは確かにそうだが、単に消し忘れという可能性も否定できないし、それだけで彼女の身に何か起きた証拠にはならない。

涼太は、隣人として、それなりに彼女と親しくはしていたものの、まだ友人といえるほどの関係ではなかったようだ。ここ最近は、彼女が目撃した少女が事件の被害者かもしれないということで、以前よりやりとりが増えていたそうだが、それでも涼太は、彼女の連絡先を知らなかった。知る必要もなかったのだ。無意味なやりとりをするような仲ではないし、何か用があれば、隣の部屋のドアをノックすれば済む。

連絡もなくいなくなったといっても、ただの隣人にいちいち予定や行き先を告げたりはしないだろうし、そもそも、まだ姿を消して一週間も経っていない。気分転換に旅行に行ったとか、家族に何かあって一時的に実家に帰っているとか、そんなところだろう。私は大騒ぎするようなことではないと思っている。しかし涼太は落ち着かないようだ。

「やっぱり変だよ」「警察に言ったほうがいいかな」と呟いては、私にたしなめられ、わかってるよ、と答えるのだが、また少しすると、思い出したように口を開く。それを何度も繰り返している。

「でもさあ……タイミング的にさ。事件のこと調べ始めてすぐいなくなったわけじゃん。偶然とは思えないっていうか」

私が渡した袋入りの刻み塩昆布をキャベツに振りかけ、涼太はまた同じことを言い始めた。

「加納さんに話してみるのは？」

「いい年の大人が数日アパートに帰らないってだけで刑事に相談すんのか？　相談されても困るだろ」

「じゃなくて、事件のこと……池上有希菜かもしれない子が、ベルファーレに出入りしてたってことがわかればさ」

「池上有希菜の事件は神奈川県警の管轄で、加納の担当じゃねえだろ」

そもそも、土屋が見たのが池上有希菜だったかどうかも不確かなのだ。それを確かめるために、彼女は防犯カメラの映像を見たがっていた。

「そうだけど、もし土屋さんが見たのが池上有希菜だったなら、殺される前に千葉市内にいたってことだから、千葉県警だって無関係じゃなくなる」

「本人だったらな。けど確かめようがないって話だろ」

加納とは高校生のときからつきあいが続いていて、割と親しい関係ではあるが、だからこそ、忙しいときに煩わせるのは気が引ける。

「だいたい、おまえが加納と話したいのは、池上有希菜より、土屋さんのことだろ。刑事に言ったからって、捜してくれるわけじゃねえぞ」

また「わかってるよ」と返されるかと思ったら、涼太は塩昆布と調味料を入れたキャベツの袋を両手で揉んでいた手を止めて、

「その二つは、無関係じゃないかもしれないじゃん」

不満げに、しかし拗ねて言い訳するときの声ではなく、はっきりと強い口調で言った。

「土屋さんが見たっていう女の子はやっぱり被害者の池上有希菜で、土屋さんは、口封じされたとか……」

そんなことを考えていたのか。

苦し紛れの屁理屈ではなく、涼太は本気でその可能性を考えているのだとわかった。

私は冷蔵庫の扉を閉め、キッチンカウンターを迂回してダイニングテーブルまで行き、涼太の正面に立つ。

「仮にその子が被害者だったとしてもだ。土屋さんが彼女を見たって、なんで犯人が知ってるんだよ」

「……だから犯人は、近くに潜んでて」

「たまたま立ち聞きしたって？　防犯カメラの話は、うちでしただろ。玄関の前で耳を澄ましてたって、家の中で話してる声は聞こえない。おまえら二人は、うちに来る前にも話をし

ただろうけど、そんな誰でも盗み聞きできるような場所で話してたのかよ」

池上有希菜を殺した犯人がたまたまどこかで聞いていて土屋を拉致した、などという想像は現実味がない。私がそう指摘すると、涼太は反論できずに黙り込む。

「考えすぎだ。心配なのはわかるけど、ちょっと冷静になれよ」

ドラマの観すぎだ、と言わなかったのは、せめてもの気遣いだ。

言い負かしたかったわけではない。

悔しげに唇を結んでいる涼太に、少し声を和らげて、あんまり悪いほうに考えんなよ、と付け足した。

涼太はわかってる、と答えたが、納得していないのは顔を見ればわかった。

このマンションを選んだのは、夫の優哉の通勤に便利だったこと、駅から近い割に住宅街の中にあって夜うるさくなかったこと、両親が住んでいる介護つきマンションに近いことなどが理由だったが、実際に住んでみてよかったと思うことの一つが、二十四時間ゴミ出し可であることだ。

一階の端、住人専用のエレベーター乗り場のすぐ脇にあるゴミ置き場は、壁も床も天井もコンクリート打ちっぱなしの、六畳ほどの部屋で、曜日や時間に関係なく、いつでもゴミを出していいことになっている。大きなコンテナ型の車輪つきゴミ入れに各家庭のゴミ袋を入れておくと、自治体の定めた収集日に、管理人がコンテナごと外の収集場所まで運んでくれるのだ。

ゴミ置き場は駐車場側にも扉がついていて、そこから出てまっすぐ進めば指定の収集場所があるので、高齢の管理人一人でも簡単にゴミ出しができるようになっている。

私は三つあるゴミ入れのコンテナのうち、「燃えるゴミ」のラベルが貼られた一つのふたを開け、自治体指定の袋に詰めた燃えるゴミを中に放り込んだ。

ふたを閉めようとしたとき、コンテナの縁に張りついていたレシートが、ひらりと足元に落ちた。誰かの出したゴミ袋からこぼれたのだろうか。拾い上げてみると、コンビニのレシートだった。

目に入った商品名を見て、はっとする。

チョコミントわらび餅×3。

土屋が手土産に持ってきた、あの不思議なコンビニスイーツだ。もらったので食べたが、私の口には合わなかった。優哉は「慣れればおいしいかも」と言っていた。かなり好き嫌いが分かれそうなお菓子だと思った。

そんなものを、一度に三つも買うような物好きが、そうそういるだろうか。

店舗名も印字されていて、ここから徒歩五分ほどの場所にある店で発行されたものだとわかった。

レシートの日付は十月四日――涼太が土屋を連れてきた日だ。

偶然だ、と思おうとするのに、気がつけば手に汗をかいていて、レシートの端が指の形に湿った。

私はそのレシートを捨てることができなかった。

レシートを持った手を部屋着のポケットに入れ、ゴミ置き場を出て、すぐ横にある狭いエレベーターに乗り込む。

エレベーターが五階に止まり、ドアが開いたとたん、廊下に立っていた涼太がこちらを振り向くのが見えた。

さっき一緒に夕食を作って食べて、自分のアパートへ帰っていったはずなのに、また戻ってきたらしい。部屋に入るのも待ちきれないのか、彼はエレベーターから降りた私に駆け寄ってくる。

「姉ちゃん！　今、今情報くれてる人から連絡あって」

「落ち着け、中で聞くから」

呼び方が、子どものころと同じ「姉ちゃん」に戻っている。完全に素の状態ということだ。

涼太が手に持ったスマホを振るようにしながら何か言おうとするのを押しとどめて廊下を進み、私はレシートを入れたのと反対のポケットから鍵を出して玄関のドアを開けた。

「大事なことなんだって。土屋さんが……」

「中に入れ。いいから」

涼太の言葉を遮り、「入れ」と目で室内を示して促す。

「誰が聞いてるかわかんねえだろ」

この階には他に二世帯入っている。隣は確か1ＤＫの部屋で一人暮らしの男性が住んでいて、その隣はうちと同じ2ＬＤＫの間取りで五十代くらいの夫婦が住んでいるはずだ。彼らがどうというわけではないが、話の内容が内容だ。

私が声を低くすると、涼太はぐっと黙った。

玄関のドアを閉め、鍵をかけ、リビングに入ってやっと私は涼太に向き直る。そのとたん、涼太は待ちかねたといったように口を開いた。

「頼んで調べてもらってたことについて、連絡があったんだ。山の中で見つかった池上有希菜の遺体は、髪の下半分がピンク色だった。テレビに出ていた写真は中学の卒業アルバムの写真で、髪を染める前のものだ」

親しくなりかけていた隣人を心配する気持ちと、ライターとして、怪しいと睨んだネタが当たりだったことへの興奮がないまぜになっているのだろう。涼太はスマホを握りしめ、感情をどこに落ち着かせればいいのかわからない様子でいる。

「土屋さんが見たのは、池上有希菜本人だった。土屋さんは目撃者だったんだ。やっぱり土屋さんが姿を消したのは、旅行とかじゃなくて――」

「わかってる」

私が頷くと、あっさり肯定されると思っていなかったのか、涼太は動きを止めた。

渋滞していた涼太の思考が、一瞬無になったのがわかる。

私は、ゴミ置き場で拾ったレシートをポケットから出して涼太に見せ、
「私もそう思う」
と言った。

2

土屋がベルファーレ上中に入っていくピンクの髪の少女を目撃したのが、九月五日。池上有希菜の遺体が神奈川県の山中で発見され、報道されたのが、十月二日だ。土屋はその二日後に、ニュースを見て、事件と被害者の顔を知った。テレビに映った写真の有希菜は黒髪だったが、この写真を見た時点で土屋は、自分が目撃した少女が有希菜によく似ていると感じていた。発見された当時の有希菜が髪をピンクに染めていたことを、知らなかったにもかかわらずだ。

土屋が目撃した少女は、池上有希菜だった、と考えていいだろう。これは、被害者の生前の足取りについての重要な情報だ。間違いなく新情報であるだけでなく、この事実は、現在の捜査や報道を引っくり返す可能性もある。

いける、と思った。

今はまだ警察が動くほどの確度はなくても、この情報には価値がある。

署名記事が書けるチャンスだ。それも、自分で立てた企画で。

　俺は一晩で作った企画書を持って、世話になっている編集プロダクションを訪ねた。校了前の時期を避けたので、迎えてくれた編集長の表情にも余裕がある。顔見知りの記者たちは、取材に出ているらしく、いなかった。

　デスクの上で開かれたままのノートパソコン、積み上がった資料、大量の封筒、雑然とした室内は昔から変わらないが、いつごろからか、煙草のにおいがしなくなった。俺がバイトしていたころは、デスクで吸う人間はいなくても、喫煙室から席に戻ってきたとき、服や髪にしみついているせいで、常に煙草のにおいが漂っていたのに。

　十代のころからライター志望だった俺は、高校を卒業した後、この編集プロダクションで編集アシスタントをしていた。ほとんど雑用係のようなものだったが、可愛がってもらい、ウェブに載せる小さな記事を任せてもらったこともある。現在編集長になっている坂上（さかがみ）とは、そのころからのつきあいだった。当時はヘビースモーカーだった彼が、今は禁煙に成功して、すっかり健康的な顔色になっている。

「ふーん……なるほどね」

　俺の企画書にその場で目を通し、坂上は、「確かにきな臭いな」と言った。感触は悪くないようだ。ドキドキしながら、坂上の言葉の続きを待つ。

　神奈川県の山中で見つかった池上有希菜が、生前、千葉市内のマンションに入っていくところを目撃した人がいること。目撃者の女性はマンションの防犯カメラを調べようとしたが、映像は残っていなかったこと。彼女がその後失踪したこと。池上有希菜が消えたマンションのゴミ置き場に、目撃者女性のものと思われるレシートが落ちていたこと。彼女が俺の隣人で、相談を受けていたこと、俺の姉が件のマンションの住人であることも、企画書には書いてある。

裏付けとなる事実は複数あるが、決定的な証拠は一つもなく、現状ではおそらく、記事にはできない。ここからの取材が重要になる。おまえの想像じゃ記事にならないんだよと突っぱねられる可能性もあると覚悟していた。しかし坂上は、「おもしろい」と続けた。

「まだ誰もつかんでないネタだ。うまくすれば特ダネになるかもしれん」

「本当ですか」

思わず身を乗り出す。坂上は頷き、企画書をデスクの上に置いた。

「今すぐ書くには情報が足りないけどな。調べてみる価値はありそうだ。やってみろ。取材費も出す。ただし上限十万な」

「ありがとうございます！」

直角に腰を曲げて勢いよく頭を下げた。やった。まだ載ると決まったわけではないが、チャンスをもらえただけで、飛び上がりたいほど嬉しい。今は雇用されているわけではなく、業務委託という形で、定期的に仕事を回してもらっている身だ。「これ書いてみるか」と企画を振られることはあっても、自分の企画が通ることは滅多になく、進行中の事件に関して、持ち込んだ企画が通ったのは初めてだった。

内部の情報に通じていること、現場近くに住んでいて調査がしやすそうなことなども考慮された結果だろうが、それでも嬉しい。

取材にあたって編集部の協力を得られるのは頼もしいし、取材費を出してもらえるというのも大きかった。

「おまえ、警察にコネあっただろ。東京だったか千葉だったか忘れたけど、前に取材して気に入られて」

「あ、はい。明後日会う予定です。池上有希菜の事件について、知ってることがあったら教えてほしいって伝えてあります」

池上有希菜がベルファーレ上中で目撃されていたことは、その目撃者自身の失踪を含め、警察内部にいる情報提供者に伝えてある。その詳しい情報と引き換えに、事件に関する警察の考えや動きを教えてもらうことになっていた。本当は今日にでも会いたかったのだが、先方から二日も後の日付を指定されたあたり、こちらの情報は重要視されてないか、よほど忙しくしているかだろうと踏んでいる。

「なんだよ早え（はえ）な。やる気じゃねえか」

坂上に小突かれ、どうも、と笑って頭に手をやった。坂上が記事を買ってくれなくても、どこかに売り込むつもりで段取りはしていたのだ。

「あと、防犯カメラ……失踪した目撃者の土屋さん、彼女がいなくなった時期の映像をチェックしたいとも思ってて。あんまり期待はできないかもしれませんけど」

土屋を最後に見てから、まだ一週間経過していない。今なら、データが上書きされて消えているということはないはずだ。

とはいえ、そもそも犯人が目撃者である土屋の存在に気づいたきっかけはおそらく、彼女が防犯カメラの映像を確認しようとしていたことだ。その土屋を襲うときに、また証拠の映像を残すなんてへまをするとは思えなかった。

「期待できなくても、見ておかないわけにはいかないわな。何か写ってりゃ儲けもん、ってとこか。防犯カメラの映像ってのは、見せてもらえそうなのか？　姉さんが住人なんだよな。住人なら誰でも見られるもんか？」

「そういうわけでもないでしょうけど……そこはなんとかなると思います」

俺は坂上に頭を下げて、編集部を後にする。

外へ出てすぐにスマホを取り出し、晶に一本電話をかけた。

3

土屋の失踪については、涼太から、警察内部にいるという情報提供者に伝えたらしい。いきなり一一〇番にかけるよりは、ちゃんと話を聞いてもらえたはずだ。しかし、それで警察が動いてくれるかどうかはわからなかった。口ぶりからすると、涼太は、期待できないと考えているようだった。

事件の手がかりとなり得るものを目撃して、その真偽を確認しようとし、その後、失踪した――それだけで、土屋の知人である自分たちからすれば、不穏なものを感じるし、事件との関連性を疑ってしまう。しかし、有希菜が本当に九月五日にベルファーレにいたかどうか、客観的に証明する手立てはない。土屋が見たと言っているだけで、防犯カメラの映像はもう残っていないし、その土屋本人も行方がわからないとなってはなおさらだ。

神奈川県内に住み、神奈川県内で遺体となって発見された有希菜が、千葉市内のマンションで目撃されたと伝えても、見間違いだろうと言われて終わりの可能性すらある。

しかし、裏を返せば、警察も把握していなかった被害者の足取りであり、それが事件解決の重要なヒントになることもありえる。

「で、何でそれを私に言うのよ」

我が家と全く同じ間取りの加納宅のリビングで、テーブルを挟んで向かいに座った加納彩は、不機嫌そうに言った。

「加納に話そうと思ってたけど、いないんじゃしょうがねえだろ」

私は、青い小花の蕾(つぼみ)の散っているコーヒーカップに口をつける。インテリアや食器は少女趣味だが、彩の淹れるコーヒーの味は悪くなかった。

「最近は、日付が変わる前に帰ってくることはほとんどないくらいよ。担当している事件のことで忙しいみたい。合同捜査本部？　が立ち上がったとかで、泊まり込むことも多くて、二日前にも着替えを届けたばっかり」

「大変そうだな」

「そうよ。刑事は忙しいの。素人探偵の思い込みの推理を聞いている暇はないの」

「警察への情報提供じゃなくて、友達として世間話をしに来ただけだよ。涼太が調べるって張り切ってるけど、あいつが暴走しないように、冷静な第三者の意見を聞いておきたいし」

「行広さんは世間話をする暇もないわよ。っていうか、やっぱり刑事の意見を当てにしてるんじゃない」

彩は、迷惑そうなのを隠さず言った。

私が夫と住んでいたこのマンションに加納夫妻が引っ越してきたのは、半年ほど前のことだ。年も近いし仲良くしてやって、と加納に紹介されたときは彩も愛想よくしていたが、二人だけで会うようになると、面倒になったのか、次第に遠慮がなくなった……というか、本性を隠さなくなった。

彩は典型的な、裏表のある女、男の前と女の前で態度を変える女だった。

夫の前では常に可愛らしく振る舞い、甲斐甲斐しく料理を作り家を整え、管理人やマンションの住人たちには愛想を振りまき、上品な若奥様キャラを徹底している。しかし、前に一度、電話で実家の親と話しているらしいやりとりを聞いてしまったことがあって、そのときは全然口調が違った。

その一週間ほど後だろうか、パチンコ屋の前に並んでいた男にセクハラまがいの言葉を投げかけられ、そのときは苦笑して済ませていたのに、通り過ぎた後で舌打ちをしているのを見た。

おお、と思って思わず足を止めたら、私が見ていたことに彩のほうも気づいた。

私と目が合った瞬間、彼女はいつもの上品な笑顔になった。おそらくごまかそうとしたのだろう。しかし私が表情を変えずにいるのを見て、取り繕うのは無駄だと察したようだった。

彩は作り物の笑顔を消して、間が悪いわね、と言ったのだ。

「誰かに言ったら殺すわよ。社会的に」

それで、どうやらこちらが素らしい、とわかった。

すげえ、初めて見た、実在するんだこういう女。思わずそう口に出したら、ケンカを売られているのかしら、と言われた。キャラはぶれても、言葉遣いが乱れないあたりにこだわりを感じた。

「言わねえよ。こんなどうでもいいこと」

「そう。ならいいわ」

口止めはしたが、私に本性を知られても、彩はさほど気にしていないようだった。

私が、加納彩は上品ぶっているだけで本性は別だと触れ回ったところで、誰も信じないと踏んでいるのだろう。実際そのとおりだろうし、触れ回るつもりもない。

住んでいる階が違うこともあり、その後しばらくは顔を合わせる機会がなかったが、あるとき、パートで働いているドラッグストアからの帰り道で、彩が中年の男に絡まれているところに出くわした。

同じマンションに住んでいて、生活圏がかぶっているから仕方ないとはいえ、自分でも間が悪いと思う。

そんなに遅い時間でもないのに、男は明らかに酔っている様子で、押している自転車で道をふさぐようにして、彩に何やら因縁をつけている。

彩はいつものようにやんわりと笑ってやり過ごそうとしているようだが、酔っ払い相手では効果が薄そうだった。

「めんどくさいって思ってんだろ」と、怒号に近い声が聞こえる。

一方的な言い分を聞いた限り、どうやら、ふらふら運転していた男の自転車と彩がぶつかりそうになり、それで言いがかりをつけているらしい。

私が近づいていくと、彩のほうが先に気づいて、あ、という顔をした。

私は男が押していた自転車を蹴り飛ばした。ほとんど手を添えて支えているだけだったから、自転車はあっさり倒れて派手な音をたてる。

男がこちらを向いた瞬間、

「道ふさいでんじゃねえよおっさん。邪魔なんだよ」

相手が何か言う前に、酔っ払いにも伝わるように、低い声で、はっきりと言った。

「つうか飲酒運転だろうが。違反しといて歩行者に因縁つけてんじゃねえよ」

真っ赤な顔の男は啞然として、一瞬怯えたような表情になった後、何か言い返そうとしたようだ。すかさず、「言っとくけどこいつの旦那、警察官だからな」と付け足す。

「今度見かけたら逃げたほうがいいぞ。前科つけられたくねえだろ」

男はまだ何か言おうとしていたが、何も思いつかなかったのか、結局おぼつかない手つきで自転車を起こし、それに乗って去っていった。飲酒運転を指摘されたばかりだというのに。

ふらふらと蛇行しながら遠ざかっていく自転車を見送り、

「実在するのね、あなたみたいな人って。初めて見たわ」

いつかの仕返しのように彩が言った。

「さすがにああいう相手には、猫被っても意味ねえだろ。現にはっきり言ったら逃げてったじゃねえか」

「あなたは元ヤンのオーラが出まくってるから特別よ。普通あそこまでやらないし、相手もあんなにびびらないわよ」

まあでも、助かったわ。

そう言って、彼女は歩き出す。

「お礼にコーヒーくらいごちそうするわよ。リーフパイもあるし」

思いがけず殊勝なことを言うので、ここは遠慮せず、ごちそうになることにした。

どうせ優哉は出張中で、部屋に戻っても一人だ。加納もこの時間だとまだ帰宅していないだろうから、それは彩も同じはずだった。

同じマンションに住んでいるので、必然的に、同方向に向かって並んで歩く形になる。

これまでゆっくり彩と話したことはなかったが、歩きながらだと、何故か自然に言葉を交わすことができた。

「弟がいてさ、小さいころ、いじめられたら助けてやってたのを思い出した」

「長女っぽいわね、確かに。私は一人っ子。小さいころは姉の存在って憧れだったわ」

「私をお姉様って呼んでもいいけど」

「ずうずうしいわね。元ヤンの姉なんてお断りよ」

その後、加納宅にあがって二人でコーヒーを飲んだ。

それで少し仲良くなった——と言っていいのかわからないが、ときどき話をするようになった。

彩も、素を出して気楽に話せる相手が欲しかったのかもしれない。

何せいつもは、宝塚の娘役か、皇室の人間かと思うような上品な微笑(ほほえ)みとゆったりとした仕草で、いまどき小説か舞台の上でしか聞かないような言葉遣い、ふんわりと柔らかな話し方で過ごしているのだ。常にフェミニンなファッションとナチュラルメイクで、見た目にも手を抜かない。

口調や表情はもとより、声の高さから違う、見事な猫被りに最初は若干呆れていたが、見慣れると、私といるときの態度との違いがあからさますぎて、むしろ楽しくなってきた。

一度、二人きりのときに「疲れねえ?」と指摘したら、

「にこにこ可愛くしているだけで色々うまくいくならそのほうが楽だもの。イラッとすることを言われても基本聞き流して、後は忘れればいいのよ」

と本人は平然としていた。

「加納の前でもそうなんだろ。夫の前でくらい自然体でいたいとかねえの？」

「好きな人には可愛いって思われたいでしょ」

なるほど、そりゃそうだ、とこれには納得した。私は優哉の前でもこのしゃべり方だが、初めて会ったときからそうだったので、今さら取り繕っても仕方がないだけだ。

加納は昔から、わかりやすく「優しくて可愛い女」が好きだったから、その好みに合わせるのは意味のあることだろう。

私の前で見せる姿が素なのだとしたら、夫の前で常に猫を被るのは大変な労力だと思う。それでも好かれるためにそう装うならそれもまた愛情だし、加納も可愛い妻に満足して幸せなら、外野がどうこう言うことではない。

一度挨拶をしただけの涼太が、「清楚な若奥様って感じ」とすっかり騙されていたので、加納には言うなと口止めしたうえで自分の前ではこうだと教えてやったら、驚いていた。

「女には二面性があるもんなんだよ」

「姉ちゃんが例外ってこと？」

「は？　見くびんなよ、弟には見せてない一面があるかもしれないだろ」

ぐりぐりと拳を涼太のこめかみに押しつける。涼太は、痛い痛いと大げさな悲鳴をあげた。

「猫被りっていうと計算高い女みたいだけど、まあそれも女心だよな。努力家なのは間違いないし」

絶対真似できねえ、と私が言うと、涼太は少しの間考えるそぶりを見せ、やがて「それってさ」と口を開く。

「男と女の前で態度が違うっていうより、全方向に擬態してるけど姉貴の前でだけ素ってことじゃない？」

言われてみればそうだ。

そう考えると、悪い気はしなかった。

「ちょっと、何考えこんでるのよ。押しかけてきておいて」

思い出に浸っていたのはほんの数秒だったはずだが、彩に咎められてはっとする。

「ああ、悪い」

初めてちゃんと話したときのことを思い出していた、なんて言っても余計不機嫌にさせそうだったので、素直に謝っておいた。

まったくもう、と彩はぶつぶつ言いながら、青い小花の散ったコーヒーカップに口をつける。

「私も忙しいのよ。専業主婦なんて暇だと思われてるかもしれないけど、マンションの理事長の仕事もあるし」

「管理人にいい顔して自分から引き受けたんだろ」

「管理人にいい顔しといて悪いことなんて一つもないでしょ」

こういう女だ。引っ越してくるなり理事長なんて面倒な仕事を率先して引き受けてくれ、住人の一人として助かってはいるが。

私はレース模様のテーブルクロスの上に腕をのせ、わずかに前傾姿勢になる。

「そういうわけでさ、土屋さんが見たのは、やっぱり、殺される前の池上有希菜だったんだと思う。ってことは、土屋さんが失踪したことも、池上有希菜を目撃したことと関係あるんじゃないかな」

どう思う？　と水を向けると、彩は眉根を寄せて「そうねえ」と考えるそぶりを見せた。否定的なニュアンスだ。

「さすがに飛躍しすぎじゃない？　あなたが拾ったレシートが彼女のものだとしても、いつ落としたのかはわからないわけだし……あなたの部屋を訪ねたときに落として、マンションに住んでる誰かがそれを拾って捨てただけかもしれないでしょ」

警察に相談したところで、そう言われて終わりだろうとは私も思っていた。レシート自体は、何の証拠にもならない。しかし、あのタイミングで私があれを見つけたことに、意味を感じてしまったのだ。涼太も言っていた勘のようなものだ。

「殺人事件の被害者を目撃して、そのことを調べ始めた直後に失踪してるってだけでも不穏だろ」

「犯人に知られて拉致されたとか？」

彩はカップをソーサーの上に置いて私を見た。

「犯人は、どうして彼女が目撃者だって知ったのよ。あなたたちの話を盗み聞きするなりしてたってこと？　じゃあ、犯人はこのマンションの住人ってことになるけど」

そんなわけないでしょと言外に滲ませる。

「ありえない話じゃないだろ。被害者はこのマンションに入って、その後遺体で発見されてるんだから」

「……まあ、そうね。可能性としてはね」

私が反論すると、彩は数秒考えた後でしぶしぶ認めた。

「それで、土屋さんが失踪して明日で一週間だから、もしベルファーレの住人に拉致されたんだとしたら、今ならまだ防犯カメラの映像は残ってるはずなんだ。一週間分のデータを見せてもらえないかと思ってさ」

「それが本題ね」

早く言いなさいよと、彩が無遠慮に顔をしかめる。

「かまわないけど、全部見るつもり？　結構な量よ。早送りするにしても」

「しょうがねえだろ。私と涼太で手分けして見るよ」

「立ち会う側の身にもなってよ」

嫌な顔はされたが、断られはしなかったので安心した。人助けはしておくものだ。

「データが上書きされないように確保だけして、立ち会える日程は確認してから明日連絡するわ」

彩はそう請け負ってくれ、そのうえで、「でも」と続ける。

「やっぱり、殺人犯について不利な事実を知ってしまったから拉致された……なんて、そうそう信じられないけど。結局、その女の子がベルファーレに入っていくところの映像は残っていなかったんだし、口封じのために土屋さんを拉致する必要なんてないんじゃないの。唯一の目撃者といえばそうだけど、犯人の顔まで見たわけじゃないんでしょ。目撃したのは被害者がここにいたってことだけだし、客観的な裏付けがないなら、犯人にとってそこまでの脅威じゃないはずだもの」

「映像が残ってないことを、犯人は知らなかったのかもしれない。もしくは、映像がなくても、目撃した土屋さんを生かしておくのは危険だと思ったとか」

　映像が残っていないなら、土屋さえ消してしまえば安全ということになる。裏を返せば、そこまでして手がかりを消そうとするほど、土屋が目撃した事実は重要、犯人にとって致命的ということになる。――その場合、土屋が無事でいる可能性は低い。

「映像が残っていないことまでは知らないけど、土屋さんが被害者を目撃して、あなたたちに頼んで防犯カメラの映像を確認しようとしていたことは知っている――としたら、あなたたちも危ないってことにならない？」

「なるな」

「ちょっと、私を巻き込まないでくれる」

　信じられないんじゃなかったのかよ、と私が言うと、あなたの姿勢の問題よ、と返される。

「まあ、あれから結構時間が経ってるし、今まで無事なんだから大丈夫だろ。私たちの口を封じるつもりなら遅すぎる」

彩が目をつり上げ――さらに文句を言おうとしたのか――口を開きかけたとき、インターホンが鳴った。

彩がぱっと立ち上がるが、彼女が玄関に着くより先に、かちゃかちゃと鍵を開ける音が聞こえてくる。加納が帰ってきたらしい。

玄関先へ飛んで行った彩が、弾んだ声で夫を出迎えた。

「行広さん。おかえりなさい」

「ただいまー。ちょっと休めることになったから帰ってきた。着替え取りに来たようなもんだけど」

「お疲れ様。お風呂、すぐ用意する。洗ってあるから、お湯をためるだけよ」

私と話していたときより一オクターブくらい高い声だ。

鞄と着替えが入っているらしい紙袋を受け取り、風呂場に駆け込み、すぐに出てきてキッチンに立ち、冷蔵庫から作り置きのおかずを取り出す。甲斐甲斐しいことだ。

「あ、誰か来てる?」

三和土(たたき)に脱いだ私の靴に気づいたらしい加納の声がしたので、

「あー、もう帰る。夫婦水入らずの邪魔しちゃ悪いからな」

立ち上がりながら言った。

「なんだ、晶か」

Tシャツの上に着ていたジャンパーを脱ぎながらリビングへ入ってきた加納は、さすがに疲れた顔をしている。彼が担当しているはずのＯＬ殺人事件について、解決したとの報道はまだなかった。今もまだ、手がかりを探して奔走しているのだろう。

「忙しいみたいだな。家にも帰ったり帰らなかったりだって？」

「ああ、ちょっと色々動きがあって……純粋に忙しいのと、急に捜査員が増えたんで気疲れした」

暇そうにしているなら池上有希菜の件と土屋の失踪について、刑事としての意見を聞きたいと思っていたが、とてもそんな余裕はなさそうだ。今日のところはあきらめたほうがいい。

私は飲み終わったコーヒーカップを洗い場へ運んだ。これからダイニングテーブルには、加納の夕食だか夜食だかが並ぶのだろう。

彩が、疲れている夫を煩わせるようなことをしたら承知しないというように睨みをきかせている。はいはいわかってますよと手を一つ振って、退散した。


翌朝、早速彩から電話がかかってきた。住人名簿を見て固定電話にかけたらしい。そういえば、個人的な連絡先を交換していなかった。

彼女は海外ドラマのように「いいニュースと悪いニュースがある」などとは言わず、即本題に入り、端的に事実のみを告げた。

『正面玄関の防犯カメラの映像は、一週間分確保できたわ。でも、駐車場のほうはだめ』

裏口へと続く駐車場の防犯カメラは故障中で、ここ一週間の映像は残っていないという。

「この前、土屋さんに言われて見せてほしいって頼んだときは、そんなこと言ってなかったよな?」

『ええ、そのときは壊れていなかった。普通に、期限が来たから上書きされてデータが消えていただけ。今はカメラそのものが修理中なんですって。ちょうどここ一週間分、録画されていないみたい』

土屋の住んでいたアパートが裏口のすぐ近くにあることを考えても、彼女が写っているとしたら駐車場のほうのカメラだと思っていた。

それが、故障。このタイミングで。偶然にしてはできすぎだった。

土屋が映像を確認しようとしていたのを知った犯人が、カメラを壊したのだとしか思えない。つまり、一週間前の時点で、カメラがあっては不都合なことをするつもりだったのだ。

これは、土屋が、ベルファーレの住人によって拉致されたことの裏付けになるのではないか——。私はそう思ったし、涼太も同意見だろうが、偶然の可能性もゼロとは言えない。

結局のところ、やはり、土屋の拉致についても彼女が見たものについても、現状、証拠は何もないということになる。いくら疑わしくても、警察が動くには不十分だろう。

駐車場のカメラは、今週中か、来週頭には修理が終わって、改めて設置される予定だという。望みは薄そうだったが、一応、正面玄関のほうのカメラ映像は確認させてもらうことになった。

4

「春ごろのさ、千葉市ＯＬ殺人事件、覚えてる？」

俺が編集プロダクションのバイトだったころからよくしてくれている中央警察署の生活安全課係長、豊崎は、煙草に火をつけながら言った。

彼の行きつけの中華料理店の裏に作られた、スタンド灰皿が設置されただけの簡易な喫煙所だ。昼飯どきを過ぎているうえ、最近は喫煙者が減ったおかげで、喫煙所には他に誰もいない。人に聞かれたくない話もできる。

池上有希菜の事件について訊きに来たのに、全く別の、それも半年以上前に市内で起きた事件のことを言われて、俺は不思議に思いながらも頷いた。その事件なら、少し前にネタを探して国内の未解決事件を調べていたときに関連記事を読んでいる。印刷会社に勤務する二十代の女性が、ナイフでめった刺しにされて殺されたという事件だったはずだ。

俺がそう言うと、豊崎は煙草をくわえたまま頷き返した。

「都内で起きた女子大生殺人事件は」

「いつの、どの事件ですか」

「去年のやつ。ほら、心霊スポットで見つかった」

「覚えてます。廃墟で動画を撮影していた女性が殺された……って事件ですよね。現場は奥多摩で」

そちらの事件も、ＯＬ殺人事件と一緒に調べた。どちらも金品や暴行目的の犯行ではなく、ただ殺している、という点が共通していると思っていた。土屋のことがあって忙しくなってしまうまでは、こういう種類の犯罪が増えている、という切り口で記事を書けないかとも考えていたのだ。

そうそう、さすがよく知ってるね、と豊崎は、煙草を口から外して言う。吐き出した煙が顔の横に広がった。昔はふさふさと額にかかっていた髪の毛が、今は後ろに撫でつけられて、その生え際も若干後退している。時間の経過を感じるが、気さくで人当たりがいいようで、実は抜け目なくこちらを観察している目つきと、かもし出す食えない感じは当時と変わらなかった。

「それが、どうかしたんですか」

どちらも、豊崎が捜査に関与した事件ではなかったはずだ。そもそも管轄が違う。尋ねた後で、思い至った。そういえば池上有希菜も、性的暴行の跡はなく、「ただ殺された」のではなかったか――。

「つながりがありそうなんだよ、どうも」

「池上有希菜の事件とですか？　どちらも？」

豊崎はまた頷いて、スタンド灰皿に灰を落とした。

「合同捜査本部が立ち上がった。あ、まだ公表はされてないから、書かないでね。公式発表

される までは」

「はい、それはもちろん」

反射的に答えてから、彼の言葉の意味を考える。

池上有希菜が殺された事件は、単発の殺人事件ではないということだ。東京、千葉、神奈川で起きた三つの事件は、つながっている——豊崎ははっきりとは言わなかったが、同一の犯人によるものという可能性が高い。つまり、

「連続殺人……」

思わず声に出ていた。

ぶるっと身体が震えた。恐怖からではない。武者震いに近い。

スクープになるかもと目をつけた事件は、思っていた以上に大きな獲物だったらしい。

「俺が持ってきた話……千葉市内のマンションで池上有希菜が目撃されたっていう。証拠がなくても聞いてくれたのって、それが理由ですか」

「小崎くんから電話もらったのが、ちょうど、連続殺人の可能性が浮上したタイミングだったんだよ。その目撃者がいなくなったことに事件性があるかはまだわからないけど、目撃情報自体は、信憑性あるかもって思ってるから。私はね」

私は、とわざわざ言ったということは、警察としてそう考えているわけではないということか。そう思ったのが表情に出ていたのか、俺の顔を見て豊崎は、「もちろん刑事課にも報告はあげてあるよ」と付け足した。

「けど、目撃者本人が行方不明じゃねえ。裏もとれないし、今はそっちに人員を割く余裕はないって感じかな。気にしてる捜査官もいることはいるけど」
「わかります。そうだろうなと思ってたんで」
それにしても、公式発表があるまで記事にできないとはいえ、こんな話をフリーライター風情にしてくれるということは、それだけ、彼が俺の持ってきた情報に価値を見出しているということだ。長いつきあいだからわかる。警察の公式見解はともかく、豊崎個人としては、捜査状況を流すのと引き換えにしても、俺と情報共有することには意味があると考えている。その事実は、俺に自信を与えた。

急いで手元のタブレットを開き、奥多摩と千葉で起きた二つの事件について概要を確認する。豊崎は煙草をふかしながら待っていてくれた。

三つの事件の中で、最初に起きたのは、東京都内に住む女子大生が殺害された事件だ。被害者の名前は上田結歌（うえだゆいか）、二十歳。死因は撲殺で、遺体の発見場所は奥多摩にある廃墟の奥だった。発見は去年の九月頭で、発見時、死後二週間ほどが経過していた。

次が、千葉県千葉市内の路地裏で、女性の刺殺体が発見された事件。被害者は印刷会社勤務の二十七歳のOL、堂本実月（どうもとみつき）で、こちらは死後それほど時間が経っていない状態で発見された。遺体の発見も殺害も、今年の三月半ばだ。

最後が池上有希菜十七歳の事件で、彼女の遺体は今月の頭に神奈川県の山中で発見された。ニュースでは言っていなかったが、死因は扼殺だった。遺体の状況から、死後一か月程度経過しているとみられた――ということは、殺害は八月末から九月の初旬ころだ。土屋は九月五日に生きている彼女を目撃しているから、その直後に殺されて運ばれた可能性もある。

三件とも、被害者の居住地も遺体の発見場所も異なっているうえ、殺害の手口もバラバラだ。ネットでわかる情報からだと、被害者には「若い女性」という共通点しかないように思える。

「警察が連続殺人を疑うほど……共通点らしい共通点は、ないですよね」

殺すためだけに殺したように見える、というのは感覚的な部分が大きく、およそ連続殺人を疑う根拠にはならないだろう。

豊崎は、その言葉を待っていたとばかりに「ああ」と口を開いた。

「私たちも、当初、連続殺人だとは考えていなかった」

その可能性が浮上したのは、三人目の被害者である池上有希菜の遺体が発見されてからのことだったという。それも、遺体発見報道がされて、少ししてからだ。

「情報提供があったんですか?」

「ある意味そうとも言えるかな」

もったいぶった様子でそんな風に答えてから、豊崎は皮肉っぽく口元を歪め、犯人本人からのね、と言った。

貴重な捜査情報と引き換えに、今後土屋の行方も含め、何かわかったら情報を共有すると約束して、豊崎と別れる。最寄りの駅に到着してすぐに、晶から電話が入り、駐車場の防犯カメラが故障して、映像が残っていなかったことを聞いた。

『あんまり驚いてなさそうだな。もっとショックを受けるかと思ってたけど』

電話の向こうで晶が意外そうにしている。

「そういうこともあるかもしれないとは思ってたから」

人を殺して目撃者を拉致するような犯人なら、カメラをそのままにしておくはずがない。晶も、もう、不穏なあれこれのすべては偶然で、土屋はただ旅行に行っているだけ――などとは考えていないだろう。

『土屋さんは、まだ帰ってきてないんだな？』

「注意してるけど、帰宅した様子はない。普段どれくらい実家と連絡を取り合ってたのかによるけど、そろそろ身内が心配して様子を見にきたりするんじゃないかな」

そうか、と応じた晶の声が神妙だった。

「俺からも報告があるから、そっちに行くよ。結構びっくりするようなことがわかった」

もったいぶるなよと言う晶をなだめて、約束をとりつける。今週は、晶の夫の優哉は北海道へ出張中だ。彼がいる前で事件の話はできないから、ちょうどいい。今のうちに、豊崎から聞いた話を共有しておきたい。

晶は今日、夕方までパートのシフトが入っているので、ゆっくり話ができるのはその後だ。

晶が働いている間に、俺は正面玄関に設置された防犯カメラの映像をチェックしておくことにする。晶から彩に立ち会いを頼んでもらった。

「あ、よかった間に合った。彩、これ弟の涼太。涼太、こちらが理事長で加納の嫁の彩。データは持ってきてもらってるから、そこのパソコン使って。じゃ、私はもう行くから」

俺がベルファーレに到着したのは、晶の出勤時間ぎりぎりで、晶は自宅のリビングで俺と彩を引き合わせると、そのまま、俺と入れ違いで出かけていった。ばたばたと出ていく彼女を見送り、残された俺と彩は、ぎこちなく顔を見合わせる。彩の夫の加納は晶の高校時代からの友人なので、俺も会ったことがあるが、彩とは、晶を訪ねてきたときにたまたま一度顔を合わせたことがあるくらいだ。ちゃんと話をするのはこれが初めてだった。

「改めまして、小崎です。姉がお世話になってます。今日はお時間をとらせて、すみません」

「いいのよ。マンションの治安にもかかわることだし、気にしないで」

彩はにっこり笑う。

猫被りが常態化している、と晶から聞いているが、それでもこんな風に笑顔を向けられれば悪い気はしない。「助かります」と俺も笑顔を返して、ダイニングテーブルの上に置かれたノートパソコンの前に座った。

その後、早送りを駆使して、かなりの量の映像データをチェックしたが、予想したとおり、土屋がベルファーレ上中を出入りする様子は確認できなかった。土屋以外の誰かが、不審な動きをしているということもない。

あまり長時間彩を拘束するわけにもいかないので、適当なところで切り上げ、残りは後日、晶に確認してもらうことにした。

念のため最後まで見てはもらうが、おそらく、何も写ってはいないだろう。俺が最後に土屋の姿を見たのは、十月十日だった。当日と翌日、翌々日の、何か写っている可能性が一番高いと思われるあたりはもうチェック済だ。

もとから期待はしていなかったが、土屋の失踪の手がかりは依然としてゼロ、ということだ。彼女が何者かに拉致されたという証拠がない以上、警察の介入は期待できない。

さて、豊崎からもらった情報を踏まえて、これから何を調べるべきか。

彩に礼を言って帰ってもらってから、俺は冷蔵庫の横にかけてあった二枚のエプロンのうち、大きくてきれいなほうを身につける。晶の夫の優哉のものだ。彼自身が、土日は自分が料理をすると宣言して買ってきたものの、使用頻度が低いせいで新品同様の状態だと、以前晶が話していた。晶が帰宅する前に、簡単な夕食の用意をしておくつもりだった。

ちょうど炒飯(チャーハン)の材料を切り終わったあたりで、晶が帰宅した。

「お疲れ」

「そっちもな。カメラ、何か写ってた?」

「だめ。まだ全部は見てないけど、たぶん何も写ってない。とりあえず食べよ」

彼女が手を洗っている間にコンロの火をつけ、材料を順番に炒める。細かくちぎったレタスが入るのが小崎家のレシピだ。最後にあつあつのごはんを投入して、塩胡椒で味を調えた。

上着を脱いでキッチンへ入ってきた晶が手元を覗き込む。

「うまそう」

「もうできるよ。お皿出して」

晶は戸棚を開け、深皿を二枚、重ねたまま取り出して調理台に並べた。俺がフライパンの中身を皿へと移す間に、晶は冷蔵庫からウーロン茶の二リットルペットボトルを出している。

俺は空になったフライパンを置き、皿を両手に持ってダイニングへ移動した。

晶と二人でレンゲとウーロン茶のグラスを並べながら、豊崎と話した結果を報告する。新情報については伏せて、まず、現状では、土屋の失踪について警察が動いてくれることは期待できないことを簡潔に伝えた。

「聞く耳持ってもらえないとか、そういうわけでもないんだけどね。組織を動かすにはまだ弱いって感じかな。中には興味持ってくれてる人もいるみたいなんだけど」

晶も、それは予想していたようだ。そうか、と短く相槌を打つ。

二人してダイニングテーブルの椅子を引き、向かい合わせに座って手を合わせた。

俺は、「情報を整理するけど」と前置きして、ペットボトルのウーロン茶を晶と自分のグラスに注ぐ。

「池上有希菜は死ぬ前にベルファーレに入ってくところを目撃されてるわけだから、その時点で、彼女を殺した犯人がこのマンションに住んでる可能性は結構高いよね」

「そうだな」

「土屋さんは、池上有希菜が誰かと一緒にこのマンションに入っていくところを目撃して、その後、突然いなくなった。事件の重要な手がかりを持ってる唯一の目撃者が、それについて調べ始めた矢先にいなくなるのは、いかにも不穏ではあるけど、これだけじゃまだ、事件に巻き込まれたって断言まではできない……っていうのが、今日話した、警察の人の見解。警察全体、というか捜査本部としては、そもそも目撃情報自体も鵜呑(うの)みにはできない、って考えてる」

晶は炒飯を食べながら相槌を打った。俺もレンゲをとって、視線は晶へ向けたまま口へ運んだ。

「でもさ、彼女が失踪したと思われる時期に限って駐車場の防犯カメラが壊れていたとなると、さすがに偶然とは考えにくいよね。可能性はゼロじゃないかもしれない。でも、彼女に目撃されたことに気づいた犯人が、わざと壊したって考えるのが自然だよ。その犯人はおそらく、彼女が防犯カメラの映像を見ようとしてたことを知ってたし、防犯カメラの位置も知ってた。そもそも、土屋さんが目撃したのは、『誰かとベルファーレに入っていく被害者』だ。それを総合すると、犯人はベルファーレに出入りしてた誰かってことになる」

それに、あのレシート。俺がそう続けると、晶はようやく目を上げた。

彩に見せるために出してきたのか、晶がゴミ置き場で見つけたあのレシートは、テレビのリモコンを重しがわりにして、ダイニングテーブルの端に置かれている。

「このレシートがゴミ置き場にあったってことは……土屋さんは、このマンション内で拉致されたか襲われたかしたってことだよな」

晶はレンゲを動かす手を止め、レシートに目を向けて言った。

「土屋さんが襲われたときに落としたか、土屋さんをどうにかした後で、犯人が捨てたかだろうね」

俺もレンゲを置いて答える。

「池上有希菜も土屋さんも、このマンションで襲われた可能性が高い。ほぼ間違いないと思う。殺された後、池上有希菜は車で運ばれたんだろうね。駐車場は、ほら、ゴミ置き場のすぐ前だし」

「つまり、駐車場に車を停められる、マンションの住人が怪しいってことだよな。見慣れない車が駐車場にあったら目立つし……土屋さんのことも、同じように運び出した？」

「もしくは、逃げられない状態にされて、マンションの中にまだ今もいるとか」

俺は慎重に言った。低い可能性だとわかっていても、生きているかもしれないという思いは捨てずにいたい。

「どっちにしても、マンションの住人が犯人ってことじゃねえか」

晶はとうとうレンゲを置いて、はーっ、と息を吐き出した。

晶自身にその結論にたどりついてほしくて、「ベルファーレに出入りしていた誰か」という言い方をしたが、マンションの駐車スペースは登録制で、住人しか利用できないし、住人でもない人間が、わざわざマンションに被害者を連れ込む理由もない。つまりはそういうことだ。

しかし、自分の住むマンションで殺人事件が起きたかもしれない、住人が犯人かもしれないとは信じたくない気持ちもわかる。自分で考えて納得したうえで協力してほしかった。

俺は手を止めたまま晶が現状を理解して呑み込むのを待つ。

晶はウーロン茶を、ビールでも飲むかのようにごくごくと喉を鳴らして飲むと、

「わかった。受け容れた」

グラスをテーブルに置いて、そう宣言した。

「もっと危機感持って、本腰入れて、調査に協力する。犯人がこのマンションにいると思って慎重に動く。殺人犯が同じ建物内にいるってのはぞっとするけど、ただびくびくしててもしょうがねえしな」

俺はほっとして、「心強いよ」と言った。心からの言葉だ。彩や加納へのアクセスや情報収集の面でも、晶の協力があるのとないのとでは大きく違ってくる。

晶はレンゲを持ち直して炒飯に差し込み、改めて「で」と口を開いた。

「さっき電話で言ってた報告って何だよ。防犯カメラが空振りだったのにあんまりダメージ受けてないっぽいの、その新情報のせいだろ」

「さすが鋭い」

「いいからさっさと話せよ」

「ちょっとくらいもったいぶらせてよ。結構大ニュースなんだからさ」

そう言ったものの、晶相手に情報を出し渋っても仕方がない。俺はまず、池上有希菜の事件と、その半年ほど前と一年ほど前に千葉市内と都内で起きた殺人事件に、どうやらつながりがあるらしいということ、三つの警察署で合同捜査を行うことになったことを晶に伝える。鞄からタブレットを取り出して、それぞれの事件の概要も読み上げた。

「つまり、東京、千葉、神奈川で起きた三件の事件は、連続殺人ってことだよ。まだ公表はされてないけど、間違いない」

連続殺人。自分で言っていても現実味がないフレーズだと思う。しかし、現実だった。

思っていた以上に危険な犯人が、晶の住むこのマンションに潜んでいるということだ。

「合同捜査……そういや彩がそんなこと言ってたな。加納も、急に捜査員が増えて気疲れしたとか……そういう意味か」

晶は呟いて、口元についた葱のかけらを親指で拭う。

「なんで、同一犯だってわかったんだ。ドラマみたいに、犯人からメッセージでも届いたのか？」

「結構近いかも……ここにきて連続殺人の可能性が浮上したのは、犯人がわざと残したとしか思えない手がかりからだったそうだから」

俺は、豊崎から聞いた話をそのまま晶に伝える。

話してくれた豊崎も苦い表情だった。

警察が気づいたきっかけは、三番目の被害者である池上有希菜の身につけていた腕時計だったという。

高級ブランドとまでは言えないが、一晩の宿にも困って友人宅を渡り歩いていた家出娘の持ち物にしては上等な品で、彼女のファッションにも合っていなかった。しかし、そのことに、捜査員たちがすぐに気づいて疑いを持ったわけではない。彼女の遺体と身につけていたものをくまなく調べた結果、腕時計から検出された指紋が、警察のデータベースに登録された指紋と一致したのだ。

池上有希菜の事件の半年前に千葉市内で遺体となって発見されたＯＬ、堂本実月の指紋だった。

実月の身内に問い合わせた結果、その腕時計は、間違いなく彼女のものであることがわかった。発見された実月の遺体は、腕時計をしていなかった。

千葉市内に住んでいた、そしてそこで死んだＯＬの腕時計が、何故、神奈川県の山中で見つかった遺体の手首にはまっていたのか。

「二人の女性の間に接点は見つからなかった。警察は、池上有希菜の家族や友人に聞き込みをしたけど、皆が、生前の有希菜がそんな腕時計をつけているのを見たことがないと言った。彼女の好みではないとも。……つまり、その腕時計は、池上有希菜が好んでつけていたわけじゃなくて」

「……犯人がつけさせた？」

俺は、炒飯を飲み込んで頷いた。

「それだけじゃないんだ」

犯人に腕時計を奪われたらしい堂本実月の発見当時の服装は、ブラウスにタイトスカートで、足元はスニーカーだった。通勤のため、オフィスファッションでも歩きやすい靴を履くOLは珍しくないので、警察も特に気にとめてはいなかったが、サイズがわずかに大きかったことについては、記録に残っていた。

実月の時計が別の遺体とともに見つかった後、捜査官たちは、そのわずかな違和感と、昨年発見された女子大生、上田結歌の遺体が、靴を履いていなかったことを思い出した。

果たして、調べてみた結果、堂本実月が履いていた靴は、上田結歌のものだとわかった。

犯人はまるでリレーのように、被害者から奪った靴や時計を、次の被害者の身につけさせていた。

明らかに、それが連続殺人であるということを示すためだ。

「飯がまずくなるな」

理解できない、というように、晶が眉間にしわを寄せた。

「自己顕示欲ってやつか？　それとも挑発してんのか」

「被害者たちに、他の被害者の持ち物を身につけさせることや、自分が事態をコントロールしてるってことに興奮を覚えていたのかもしれない」

「どっちにしても変態だな」

「それについては完全に同意、異論なし。けど、つかまるかもしれないリスクを冒しても、それが自分の犯行だってサインを残す犯人は、実はそう珍しくないんだよ」

俺は大きめのかたまりで残っていた卵をレンゲの先でほぐして米に混ぜ込み、口へ運ぶ。

「連続殺人犯が被害者の身につけているものを持ち去ってコレクションしていた例は海外では割とあって……記念品、なんて呼ばれてるけど。日本でも、昔似た事件があったはずだよ」

二十年くらい前、もしかしたらもっと前の事件だったかもしれないが、ライターになったばかりのころにどこかで関連記事を読んだ覚えがある。

へえ、と相槌を打って晶も食事を再開した。

「連続殺人犯の習性ってことか。スリルさえも楽しんでるとか？　どう考えたって非合理的だけどな」

晶のその感覚はごく正常なものだと思う。おそらく、理屈ではないのだろう。理解しようとしても無駄なのかもしれないが、だからといって理解することをあきらめるわけにはいかなかった。犯人を理解することができれば、その正体に近づくこともできるはずだ。

俺は、記事にしたい、という下心があるから、犯人の内面にも興味があるが、晶にしてみれば、単純に恐怖と嫌悪の対象で、理解不能に思えるのだろう。

もくもくとレンゲを動かし始めた晶の皿の炒飯は、俺より速いペースで減っている。

「彩にも言われたんだけどさ。土屋さんが池上有希菜を目撃していたとしても、口封じのために彼女まで拉致するなんて、合理的な行動とは言えないよな。土屋さんは自分が見たのが本当に池上有希菜だったのかすら自信なげな感じだったし、客観的な証拠もなかった。一人の曖昧な証言だけで警察が動くかもわからない状況だったのにさ」

確かにそうだ。どう考えても、新たに女性を一人拉致するほうが、リスクが高い。

それについては、俺も、考えていたことがあった。

俺はまた食べる手を止めて、三分の一ほど残った炒飯に視線を落とす。

「土屋さんが拉致された理由。拉致されたとしてだけどさ」

レンゲの先で、表面をかきまぜるようにして、浅く米粒をすくった。

「土屋さんは池上有希菜だけじゃなくて、別のものも見たんじゃないかな。犯人が、彼女の口を封じなきゃいけないと思うようなものを」

土屋自身は、自分が見たものの意味、重要性に気づいていなかったかもしれない。しかし犯人は、見られたことに気がついて、彼女の存在を危険だと感じた。だから危険を冒してでも、排除しようとしたのではないか。

「たとえば、犯人の顔とか。顔じゃなくても、後ろ姿とかだけでも――それなら、土屋さんの口を封じる理由になる」

晶が皿から顔を上げた。目が合う。彼女が炒飯を飲み込むごくりという音が聞こえた気がした。

「今回のこと、千葉のＯＬ殺人事件と無関係じゃないってわかったんだから、加納さんにも話していいと思う……っていうか、話したほうがいいと思う。加納さん、そっちの事件を担当してるんだろ。池上有希菜を殺した犯人が、堂本実月の犯人でもある……千葉でも殺してたって警察が考えてるなら、管轄外の事件だからとか、言われないと思うし」

加納に話したところで、根拠が目撃証言だけで、肝心の土屋がいないのでは、やはり警察が動いてくれるとは思えない。とはいえ、彼の仕事にも直接関係することだ。今後改めて協力を求めることになるかもしれない。情報は共有しておいたほうがいい。

晶は、わかった、と頷く。

「あの様子だと、また数日は帰ってこないだろうから、次にいつつかまるかわかんねえけど……スマホに連絡入れて、彩にも言っとく」

「俺ももうちょっと、連続殺人事件、全体について調べてみるから。気になってることもあるし」

一口、二口、大きくすくって口へ運び、合間にウーロン茶を流し込んだ。三口めで、晶に追いついた。彼女の皿にはまだ、二すくい分の炒飯が残っている。俺は最後に皿に残っていた米粒を一気にレンゲでかき集めた。

「姉貴も気をつけろよ。事件について調べてることは、これ以上話さないほうがいい。この人だけは大丈夫だと思って信頼してた意外な相手が、実は――とか、ないとは限らないから」

「それはホラー映画のお約束だろ」

「同じマンションに連続殺人犯が住んでるって、その時点でホラーだよ。油断しないほうがいいってこと。誰に対しても」

ごちそうさま、と手を合わせ、空いた皿を持って立ち上がる。

晶は、よく言えば大胆、悪く言えば無謀なところがある。危機感も薄いようで、調査に協力してもらうつもりで話を持ちかけたのは俺のほうだが、いざ手伝ってもらえるとなると、どうにも心配になってきた。

俺はキッチンへ行き、食後のコーヒーを淹れるため、電気ポットに水を汲んだ。

5

平日夜のシフトに入るのは久しぶりだった。たまたま、いつも遅番で入る従業員の都合がつかなくなったということでヘルプに入ることになったのだ。

今のマンションに住むようになってからずっとパートで働いている駅前のドラッグストアは、土日と、平日の夕方六時過ぎから八時ころまでは客が多いので、常にレジに入っている必要があるが、ピークを過ぎてしまえば忙しさはさほどでもない。

私は客の減ってきた店内を見回し、レジから出て、商品棚の補充に移る。

ドラッグストアとはいっても、町中に溢れかえるチェーン店とは一線を画して個性を打ち出そうという方針らしく、白を基調とした店内は比較的すっきりとしていて、おしゃれな雰囲気だった。洗剤や絆創膏、サプリメントに、一部医薬品も扱っているが、薬剤師は常駐していない。主力商品は海外から輸入したバスグッズやオーガニック化粧品などの女性向け商品だ。圧倒的に若い女性客が多いので、夜遅い時間になると来店する客は大幅に減る。

普段は週に三、四日、午前か夕方までかどちらかのみのシフトだが、業務の負担を考えると、夜のシフトも悪くない。優哉が出張でいないときは、また入ってもいいかもしれない。

外国製のシャンプーを棚に並べながら、私は、昨夜、涼太と話したことを思い出す。

加納と話をする時間がとれ次第、土屋の失踪を含めて彼に相談することにしたが、それまで何もしないでいるのも落ち着かないし、そもそも相談したところで、客観的裏付けが何もない情報を警察が真剣に受け止めてくれるかどうかもわからない。加納は真剣に聞いてくれたとしても、彼の一存で捜査方針が決まるわけではないだろう。

こちらはこちらで、マンションの住人を調べてみようということになった。犯人と同じマンションに住んでいることは、リスクではあるが、捜査をするにあたってはアドバンテージにもなる。

「やっぱり、一人暮らしの男が怪しいよ」

昨夜、食後のコーヒーを飲みながら、涼太は言った。

「国内じゃそもそも数が少ないけど、海外の統計を見ても、シリアルキラーは圧倒的に男が多いんだ。で、繰り返し犯行を重ねられるってことは、家族にバレる心配の少ない、一人暮らしの可能性が高い。既婚のシリアルキラーも少なくないから、一概に言い切れないところもあるけど、今回はマンションに被害者を連れ込んでるわけだろ。そのことを考えると、家族と同居はしていないんじゃないかな」

家族が犯行に協力してる、って可能性もゼロじゃないから思い込みは禁物だけどね、と付け足すので、私は思わず顔をしかめる。

「協力？　殺人にか？」

「アメリカでは、夫の犯行に妻が手を貸して、十人以上を殺害したってケースがあるよ。まあそれはマンションで起きた事件じゃないけど」

理解できない。しかし、私の理解の範囲を超えた人間も事件もいくらでも存在するのだろう。

自分の住むマンションに殺人犯が潜んでいるということ、そいつは人を殺しておいて平然と日常生活を営んでいるのだということ自体、私には信じられない。土屋の失踪も含めて、まだ現実味がないくらいだった。

「そもそも、マンション内で人を殺して、死体を外に運ぶって、それだけでも結構リスキーだよな。まわりに他の家のない一軒家なら、庭に埋めるなり床下に埋めるなりできるんだろうけど」

相当に大胆な犯行のように思えた。出入り口の防犯カメラは壊せばいいとしても、いつ他の部屋の住人がドアを開けて出てくるかわからないのだ。

犯人は、スリルも含めて犯行を楽しんでいるのかもしれないとは思っていたが、単に犯人の度胸が据わっていた、目撃されなかったのは運がよかった、というだけで納得してしまっていいものなのか。

「駐車場まで運ぶくらいなら、そこまでのリスクでもなかったんじゃないかな。万一見られたとしても、酔っ払いを介抱するふりでもすればいいし、そもそも人目につきにくいタイミングで行動していただろうし」

涼太はカップに両手を添え、真剣な表情で言う。

「うちのアパートみたいに壁は薄くないだろうけど、それでもマンションだと、一軒家より、隣の人たちの生活パターンは把握しやすいとかない？　この時間ならまず帰ってこないとか、この時間には絶対寝てるとかさ。あらかじめ調べておけば、誰にも目撃されないように死体を運び出すのは、それほど難しくなかったかも。むしろマンションだからこそ、見られないように行動しやすかったってこともあるんじゃないかな」

「ああ……そう言われてみればそうかもな。私は気にしたことなかったけど」

確かに、足音やドアの開閉音から、隣の部屋に客が来たなとか、上の階の住人が帰宅したなとか、わかることはある。それをどうとも思っていなかったが、意識して注意を払うようにすれば、隣人たちの生活パターンを把握することも可能かもしれない。

誰にも見られずに駐車場まで行き、死体を車に積んでしまいさえすれば、カメラには、ただ、住人の車が出て行く様子が写るだけだ。何も怪しまれない。

「池上有希菜は神奈川県の山の中で見つかってるんだから、遺体は車で運んだに決まってるよな」

「うん。犯行が県を跨いでいることとか、死体の運搬とか考えたら、犯人が車を持っているのは間違いないと思う」

一人暮らしで車を持っている男性の住人が、容疑者リストのトップにくるということだ。

このマンションはファミリータイプの部屋が多いから、該当者はそう多くないはずだった。私にも、どの部屋の誰が要件に該当するかを調べるくらいはできそうだ。しかし、怪しい住人に目星をつけたところで、そこから先、どうすればいいのかがわからない。

犯人が土屋をマンションの部屋に監禁しているとしたら、ゴミとか、物音とか、そういうものからわかるかもしれないが、すでに車でどこかへ連れ出されている可能性もある。そうなると、怪しい住人に目星をつけたところで、相手の何を調べればいいのか――。

いずれにしても、土屋がまだ生きているならの話だ。

彼女を拉致したと思われるのは、連続殺人犯なのだ。本来は善良な若者が、突発的なケンカや不慮の事故で女の子を死なせてしまった、というような話ではない。

お互い口には出さなくても、涼太も私も、土屋の安否について楽観視できないことは理解していた。

「加納さんに話してみて……警察が動いてくれるようだったら、調べるのは警察に任せて、姉貴はもうおとなしくしておいたほうがいいかもしれない。相手は、目撃者の口までふさごうとするような連続殺人犯なんだし」

真剣な表情で言う涼太に、はあ？　と声が出た。カップをわざと音をたててテーブルに置き、肘ごとテーブルに上半身を乗り出して詰め寄る。

「どの口が言うんだよ。つうか、姉貴は、って何だ。自分は続けるつもりなんだろ」

涼太は自分のカップを持ったままのけぞるように身体を引いた。

「けど、姉貴はここに住んでるんだしさ」

「だからこそだろ。言ってみりゃ、縄張り荒らされたようなもんだ。このまま好き勝手させとくわけにはいかねえだろうが」

「何そのヤンキー漫画みたいな発想……昔っからケンカ上等なんだもんなあ」

涼太は苦笑したが、どこか安心しているようにも見える。

私が手を引いたら、自分一人で調査を続けるつもりだったのだろう。自分だって、というか、自分こそ不安なくせに。何歳になっても放っておけない弟だ。

私は座り直して、背もたれに背中をつけた。

「そりゃ、プロが調べてくれるっていうなら邪魔はしねえけどさ。警察がそんな簡単に、証拠もないのに、こっちの言うことを信じて動いてくれるとも思えねえし」

たとえ加納の口利きがあっても、相手にしてはもらえないだろう。

「警察が別ルートでうちのマンションにたどりつくのを待ってたら、いつになるのかわからないからな。できることはしたほうがいいだろ。わかったことは逐一、加納に報告しつつ」

「そうだね。わかった。でも、事件について調べていることは他の住人に知られないように……怪しまれないように、くれぐれも気をつけて」

まずはマンションの住人の中から、一人暮らしで車を所有している男性をリストにすることになった。涼太のほうにも、手がかりになりそうなことに心当たりがあるらしく、他県にいる情報提供者と話をしてみると言っていた。

土屋が現に監禁されているとしたら、警察が動いてくれるまで悠長に待ってはいられない。まだ助けられるかもしれないと、信じていたかった。本当は、そう信じているのだと、自分に言い聞かせていた。


棚出しや床磨きなど、単純作業に集中しているうちに閉店時間になった。

閉店作業を終え、店を出ると、もう午後十一時近い。

夕食はバックヤードで、コンビニのおにぎりで済ませてしまったので、夜中に腹が減りそうだ。何か夜食でも買って帰ろうか、と思ったが、涼太に、帰宅したら連絡するように言われていたのを思い出し、まっすぐ帰ることにした。昨日の今日でまた何か話があるのか、早くも何か進展があったのかと思ったら、ただの安全確認だという。

土屋のことがあるので、心配しすぎだと笑い飛ばすこともできない。当分の間、涼太とは、未だかつてないほど密に連絡を取り合うことになりそうだった。

勤務先の周辺は明るく、人通りもあったのに、十分ほど歩いて住宅街に近くなるにつれ、人気（ひとけ）がなくなる。ぽつんと明るいコンビニの前を素通りし、しばらく歩くと、人通りはほぼ途絶えた。

深夜というほどの時間ではないし、住宅の窓の明かりと、数メートルおきに設置された街灯のおかげでそれほど暗くはないが、やはり昼間とは違う。人気のない道をただ歩いているだけで、うっすらと不安な気持ちになってくる。

自然と歩調が速まる。と、少し前を、男が一人歩いているのに気がついた。私が歩く速度を上げたので、先に歩いていた誰かに追いついたらしい。

中肉中背、黒っぽいパーカを着て、頭からすっぽりフードをかぶっている。ちらりと見えた口元は、マスクで覆われていた。

怪しい風体だが、このご時世では珍しい恰好でもない。これが、後ろからついてきているのだったら、警戒して身を硬くするところだが、男は前を歩いていて、ついていっているのはこちらのほうだ。適度な距離をとりつつ、後ろから、心置きなく観察することができた。

引きこもり気味の浪人生が、コンビニに買い物に出た帰り。もしくは、私と同じ、バイト帰りのフリーター、といったところか。

勝手な想像をしながら猫背気味に歩く男の背中を眺めているうちにマンションが近づいてくる。

怪しい見た目でも、自分以外の通行人がいたおかげで少し心強かった。

かすかな感謝を込めて目をやると、フードの男が、正面玄関からマンションへ入っていくのが見えた。

住人だったのか。気づかなかった。ゴミ出しの時間が決まっていないせいもあって、住んでいる階が違うと、他の住人と会うことはあまりない。一度も顔を合わせたことのない住人も多い。

その、顔も知らない住人たちの中に、殺人犯が潜んでいるなんて、考えたこともなかった。このマンションのどこかの部屋に、今、土屋が監禁されているかもしれない。どこかの部屋で、犯人が、池上有希菜から奪った記念品を眺めているのかもしれない。

部屋番号が違うだけで、同じ住所に住んでいるのに、これまで何も知らずにいたのだ。今も、ほとんど何も知らない。

私はエレベーターに乗り込み、部屋に入り、玄関のドアに鍵をかけてから、涼太に「帰宅した」とメッセージを送った。

＊

真っ白いテーブルクロスがかかった長方形のテーブルを囲んで、ほとんど話したこともない人たちと席についている。

私の席は左の端で、正面の席は空いているが、右隣には何度か共有スペースで顔を合わせたことのある中年女性が座っている。

「このお店、入ってみたかったのよ。ここはパンもおいしいんですって」という彼女の言葉に、私は愛想笑いを浮かべて「楽しみですね」と返した。

ベルファーレ上中から、最寄り駅とは反対側に向かって十分ほど進んだところにあるそのレストランは、このあたりでは珍しい、一軒家をまるごと使ったスタイルの店だ。

店内は明るく、広々としている。個室が複数あり、さまざまな会合に使い勝手がよさそうだ。理事会は、大小ある個室のうち、中サイズの一部屋を押さえていた。

この店を手配した彩によると、ベルファーレ上中の理事会御用達の店なのだという。私は今回、初めて来た。今年の春に入居した彩も、この店に入るのは初めてのはずだ。

かつては年に一度開催されていたというマンション住人たちの交流会は、参加者が少ないことを理由に一時休止とされていたが、加納夫妻が転居してきた今年から再開されることになった。

なんでも、また交流会を開いてほしい、と一部の住人から要望があり、新しく理事長となった彩がそれに応えた形らしい。

正直に言うと、私には、交流会を開こうという考えがよくわからない。住人同士で交流したければ個人的に声をかけあってお茶でも食事でもすればいいのにと思う。

ごく最近までこういった会が存在することすら知らなかったのだが、彩に住人リストを見せてほしいと頼みに行ったら、週末にこんな予定がある、と教えてくれ、住人たちの顔を把握するいい機会かもしれないと、参加することにした。

見たところ、参加者はほとんどが女性で、男性の参加者はたった三人。彩の隣に座った、四十代半ばくらいの男と、テーブルの反対側の端についている老夫婦の夫と、あとは、管理人の寺内だけだ。

果たして参加した意味があったのかどうか、早くも不安になってくる。

さすがに犯人がこんな交流会に顔を出すとは思っていないが、参加した住人たちから、参加していない住人たちについても情報を得ることができるかもしれないと期待していた。

彩は出入り口に近いテーブルの真ん中の席で、皆に囲まれるようにして笑っている。

同じマンションに刑事さんがいると心強い、というようなことを、誰かが言うのが聞こえてきた。

加納とは、二日前の夜に一度帰宅すると聞いて部屋へ押しかけ、少しだけ話をすることができた。

隣のアパートの住人である土屋が、ベルファーレ上中に入っていく池上有希菜を見たと言っていたと聞いて、彩の手製のチキンシチューを食べていた加納は腰を浮かしかけたが、映像が残っていないうえ、土屋も姿を消してしまった、と私が話すと、とたんに難しい顔になった。うーん、と困ったように唸り、スプーンを置いて腕を組む。

「近所に怪しい奴がいる、あいつが犯人に違いない、みたいな情報提供というか通報は、ときどきあるんだよ。大々的に報道されていて、犯人の目星がついていないような事件だと大抵な。そのほとんどが、何の根拠もない思い込みや勘違いだ」

私が反論する前に、「だから土屋さんもそうだ、って言ってるわけじゃないぞ」と釘を刺して、加納は「でも」と続けた。

「本人に悪気は全くなくても、事件報道で写真を見て、そういえば、自分が見たのはあの子だったかも、って思い込んで、記憶が上書きされちゃってたりとか……そういうことも珍しくないんだよ。そういう場合も、一応は捜査員の誰かが話を聞くけど、本人がいないんじゃ……」

土屋が失踪しているという事実は、目撃証言の信憑性を高めるというよりは、裏がとれない、本人に確認もできないという意味で、むしろマイナスに働くという。

加納の反応は予想の範囲内ではあったが、やはり失望はあった。加納が頼みの綱だったのだ。

キッチンに立って、夫のためにまだ何か食べるものを用意しているらしい彩が、気づかわしげにちらりとこちらを見る。

そうだ、と思い出して顔を上げた。

「土屋さんが見た女の子は、ピンク色の髪だったって。被害者は、発見されたとき髪をピンクに染めてたんだろ。土屋さんが、自分が見た子の髪がピンクだって言ったのは、そのことを聞く前だ」

本物の目撃者でなければ知るはずのない事実を、土屋は知っていたということになる。

「おい、被害者の発見時の髪の色なんて、報道してないぞ」

「涼太が調べてきた」

「まじか。涼太くん有能だな……」

そういえばライターだっけ、と呟いて、加納はため息をついた。

しばらくの間考えるそぶりを見せた後、やはりだめだ、というように首を振る。

「残念だけど、それだけじゃ、捜査本部が飛びつく情報とは言えない。被害者の髪の色について土屋さんが知ったのがいつか、今となっては確認がとれない。被害者の髪がピンクだったと聞いて、後から記憶が改ざんされて、自分が見た子の髪もピンクだったって思い込んだ、って可能性もある。……少なくとも、その可能性があると、警察は考える」

本人に話が聞けるなら、俺がまず話して、内容次第で本部にあげるところだけど……と、言いにくそうに続けた。

でも涼太が、と言いかけて、私は口をつぐむ。

池上有希菜の発見時の髪の色を涼太が知ったのは、土屋が「自分が見た女の子の髪はピンクだった」と言った後のことだが、それを証明するすべはない。裏付けは涼太一人の証言だけだ。

「俺は晶のことも涼太くんのことも知ってるから、土屋さんが見たのは被害者だったたって信じるよ。けど、捜査本部に報告しても、土屋さんの失踪を事件化するところまではいかないと思う。十日かそこら連絡がつかないだけで、失踪に事件性があるとは言い切れない状況だから」

唇を噛んだ私を、加納は申し訳なさそうに見て言った。

「土屋さんに確認できない以上、池上有希菜が千葉にいたかもしれないことについても、どの程度考慮されるかはわからないけど……これについては、強めに進言してみる。本部も手が足りていない状態だけど、どうにか……でも、やっぱり、最優先とはいかないと思う」

「県を跨いで何人も殺している犯人の拠点が千葉にあるかもしれないってことは、重要な情報じゃないのか？」

「それは確かにそ……、連続殺人だってことも、まだ発表してないぞ」

涼太くんか、とこめかみに手を当ててまた息を吐く。

「大丈夫だと思うけど、吹聴はしないでくれよ」

「言わねえよ」

「頼むよ……」

その有能で情報通な涼太が、土屋の話を裏付けているのだから、もっと正面から取り上げてほしいと思うが、加納に言っても仕方がない。たとえ加納が信じてくれても、それだけではだめなのだ。久しぶりに愛妻の手料理を食べに帰宅したのに、食事を中断してまで話を聞き、本部に進言すると言ってくれただけでも感謝しなくては。

食事の邪魔をしたことを詫びて帰ろうと立ち上がった私を、加納が座ったままで引き止めた。

「土屋さんが何を見たのかとか、それについて調べてるとか、そういうこと、これ以上人に言うなよ。わかってると思うけど」

涼太と同じことを言う。

「このマンションに殺人犯がいるかもしれないから?」と訊いたら、きっと、彼は「そうだ」と答えるだろう。私の身を心配するくらいには、このマンションに危険な人間がいるかもしれないと、その可能性は否定できないと、加納も考えている。

それでも、今、警察は土屋を捜したり、ベルファーレの住人たちを調べたりはしてくれないのだ。

加納に恨み言を言っても仕方がないので、ただ、わかってるよと答えた。

私や涼太が、どうにかして、警察が動くような何かをつかむしかない。

次の日、彩が加納のいない家に私を呼んで、「持ち出しは禁止よ」と言いながら住人リストを見せてくれた。

それを踏まえて、私は今この交流会の会場にいるわけだ。

テーブルについている参加者たちを見回す。

ベルファーレ上中の部屋数は二十一戸で、現在十七世帯が入居しているが、交流会に参加しているのは、そのうち八世帯だ。半分程度だが、思った以上の参加率だった。

彩に見せてもらった住人リストによれば、このマンションに、一人暮らしの男性は三人。そのうち車を持っているのは二人で、伊藤(いとう)と松浦(まつうら)という名前だった。現時点では、この二人が最重要容疑者ということになる。思ったよりもあっさりと絞られて、拍子抜けするくらいだった。

連続殺人犯が、こんな交流会に参加するとは思えないし、そうでなくても、一人暮らしの男性住人はこういう集まりを敬遠しそうだ。参加者たちの家族構成等を確認して、容疑者から除外できれば、それだけでも意味はあるし、参加者たちから、容疑者二人を含む他の住人たちに関する情報も得られるかもしれない。今日のところはそれで十分だ——そう思っていたのだが、驚いたことに、松浦のほうは交流会に参加していた。

私は彼の顔を知らなかったが、会の最初に、一人ずつ立ち上がって部屋番号と名前を言う時間がとられたおかげでわかった。松浦は、彩の左隣の席に座っている、四十代半ばくらいの男だった。短く刈った髪と日焼けした肌が、スポーツ選手のようだ。若々しい印象で、腕や肩も、がっしりとしている。

パンをちぎりながら観察し、女一人拉致するくらいはわけなくできそうだ、という感想を持った。

明るくはきはきとしていて、印象は悪くない。しかし、本性なんて、ちょっと話したくらいではわからない——。

彩の右隣に座っていた若い母親が、あっと声をあげた。子どもがグラスを倒したようだ。彼女は参加者の中で唯一、幼稚園児くらいの子どもを連れていた。幸い、グラスに水は少ししか残っていなかったため、被害は少ない。あらあら、と私の隣の女性も声をあげたが、こちらから手を貸す必要まではなさそうだ。母親と彩がおしぼりでテーブルを拭いている。

私の隣に座った女性は、元気なお嬢ちゃんね、とほがらかに笑った。

「うちも息子を連れてくればよかったかしら。偏食だから、嫌がりそうだけど」

彼女は幸田(こうだ)という名前だった。駐車場やエレベーターホールで見かけたことがある。ちゃんと話すのはこれが初めてだ。

少し話しただけで、話し好きで、世話好きだということがわかる。学童保育で働いているそうだから、子ども好きでもあるのだろう。

遠目の雰囲気から四十代くらいかと思っていたが、近くで見ると目元や口元に小じわが目立った。

「お子さんは、家でお留守番ですか」

「ええ。お昼は作っておいたから、今頃ゲームでもしてるでしょ」

シングルマザーなの、私。と、彼女は気負う風もなく言う。

「遅くにできた子は特別可愛いっていうけど、それは本当だったみたいで、夫は息子が生まれたとき、大喜びで、すごく可愛がってね。幸せだったんだけど、あの子が小学校にあがったころから夫の仕事が忙しくなって、すれ違うようになって……結局別れちゃった」

「そうなんですか」

「養育費の支払いとか、財産分与なんかはちゃんとしてくれたから、経済的に苦労はしないで済んだけど、運動会とか、授業参観とか、あの子にはさびしい思いを――」

そのとき、私の正面の席に、スーツ姿の男性が座った。急いで来たのか、額に汗が浮いている。

幸田は身の上話を中断して、日野さん、お久しぶりね、と親しげに声をかけた。

「すみません、遅れて。休日のはずが、職場に呼ばれてしまって」

「あら、大丈夫だったの？」

「はい。もう、出先から車で直接お店に来てしまいました」

車持ちらしい。年齢は、五十代半ばから後半といったところだろう。

彩に促されて、遅れて来た彼は周囲を見回し、

「三〇二号室の日野忠司です。よろしくお願いします」

と名乗った。

一人での参加のようだ。住人リストによれば男性の一人暮らしは三世帯だけのはずで、その中に「日野」という名前は含まれていなかったが。

「今日はお一人なの？　奥様は？」

タイミングよく幸田が、私の疑問を晴らす質問をする。日野はおしぼりで手を拭きながら答えた。

「義母の具合がよくなくて、実家に帰っていて……」

「あら、大変」

既婚者で、妻と二人暮らしだが、今は親の介護のため別居中。なるほど、こういうケース

もある。住人リスト上は、男性の一人暮らしは三世帯だけでも、他にも犯行が可能な住人はいるということだ。

幸田は、他にも何人もの参加者と顔見知りらしく、席が遠いのをものともせずにコミュニケーションをとっている。

顔の広さは理事長であり幹事でもある彩といい勝負のようだ。よほどの古株なのかと思っていたら、入居したのは一年ほど前で、私より遅いらしい。「新入りだから色々教えてもらわなきゃと思って、積極的に話しかけるようにしているの」と、はにかみながら教えてくれた。

彼女が周囲の人たちと言葉を交わし、私にも彼らを紹介したり、あれこれ情報をくれたりするおかげで、二時間の交流会の中で、参加者たちの顔と名前とだいたいのプロフィールが一致した。席が幸田の隣でよかった。住人同士で積極的に交流している彩と幸田に話を聞けば、それだけで、かなりの情報が集まりそうだ。

私は白ワインのグラスを傾けながら、慎重に、参加者たちの一人一人を観察した。

日野は幸田と、駅前にできたイタリアンについて話している。

彩は上品に口元を押さえて、松浦の冗談に笑っている。

加納彩

ソファでファッション誌を読んでいて、気がつけば、日付が変わろうかという時間になっていた。

刑事の夫は、まだ帰ってこない。昨日スマホに届いたメッセージでは、そろそろ一度帰るつもりだと言っていたが、この時間に帰ってこないということは、今日も勤務先に泊まりになるかもしれない。

メイクを落として風呂に入らなければ、とソファから立ち上がり、壁のカレンダーを見て、明日は可燃ゴミの収集日だ、と気がついた。二十四時間、いつでもゴミを捨てられるゴミ置き場があるとはいえ、明日の収集を逃すと、次は三日後だ。自宅のゴミ箱はいっぱいになっているし、自分たちのゴミがいつまでも共有のゴミ置き場に置いてあるのも気分がよくない。

まだメイクも落としていない。明日の朝、起きてから慌てて化粧をして出しに行くより、今済ませてしまおう。

お風呂に入る前に気がついてよかった。各部屋のゴミ箱から大判のビニール袋にゴミを集め、口をしばった。

夜遅い時間帯とはいえ、廊下で誰に会うかわからないので、髪を整え、口紅を塗り直してから部屋を出る。

夫が急に帰宅することもありえるから、髪やメイクに手は抜いていない。朝入念にセットした髪は、この時間でも、艶と内巻きの毛先を保っていた。

住人用エレベーターで一階へ下りる。ゴミ置き場は床も壁もコンクリートの打ちっぱなしで、外気とほとんど変わらないくらい冷えていた。ふたつきコンテナにゴミ袋を放り込み、急いで廊下へ出ると、黒い服を着た男が目の前を横切った。

コンビニにでも行くところなのか、裏口から出ていこうとしている。

「こんばんは。寒いですね」

声をかけると、彼は一瞬、驚いたようにこちらを見かけたが、すぐに顔を逸らした。口元を隠す黒い不織布のマスクを引き上げ、小さく会釈するような仕草をして、そのまま出ていってしまう。

パーカのフードをかぶって、マスクをしているので、顔はよく見えなかった。しかし、私を知っている人なら、挨拶くらいは返してくれるだろうから、顔見知りの相手ではなかったのだろう。

深夜、油断しているところで声をかけられてびっくりしたのか、私が美人だから照れくさかったのかもしれない。シャイな男性の反応としては珍しくもない。

しげしげ見られるのにも、盗み見られるのにも慣れている。恥ずかしがって目を逸らすなんて、可愛いくらいだった。

人のよさそうな顔で、親切そうなふりをして、でも、こちらが背を向けているときは、獣のような目つきをしている。そういう男もいる。

気づいていないとでも思っているのか。

気づいていると悟らせないよう、装っているのは私も同じだけれど。

エレベーターのボタンを押し、箱の中に乗り込んだ。

正面のガラスには苦心して作り上げた、美しい女が映っている。

Chapter 3

1

被害者が身につけていたものを記念品として持ち帰る連続殺人犯は、国内にも前例があったはずだ。何か参考になるかもしれないと、編集部の資料室やデータベースを借りて調べてみたら、該当する事件はすぐに見つかった。

関東で、県を跨いで起きた連続殺人事件で、五人の被害者が出ている。概要に目を通して、今回の事件との類似点の多さに驚く。その事件の犯人は、被害者から遺品を奪っただけでなく、その持ち物をリレーさせていた。一人目の被害者の持ち物を二人目の被害者の身につけさせ、二人目の持ち物を三人目に……と、それを四回繰り返している。

これは、と思った。興奮する気持ちを抑えながら、事件に関する記事をダウンロードする。今ほどインターネットが発達していなかったころに書かれた記事の中には、データ化されていないものもあったが、幸い、編集部に週刊誌の記事を年代別にスクラップしたファイルが残っていた。資料室から持ち出してコピーをとる。

二十六年前の事件当時、俺は三歳で、当然事件のことは知らなかった――ライターになってから、少し関連記事を読んだことがあるくらいだったが、当時はかなり騒ぎになったようだ。五人の女性を殺害したその犯人は、マスコミに「スタイリスト」と名付けられ、特集記事まで組まれていた。被害者の身につけているものを勝手に取り換えて自分好みにスタイリングしていたということで、そう名付けたらしい。警察は当初、連続殺人だということも、被害者の身につけているものをリレーする手口も伏せていたが、どこかの週刊誌がすっぱ抜いたようだ。俺が豊崎をはじめ、警察内部の人間から情報を得ているように、当時もどこかの記者が内部情報を手に入れて書いたのだろう。

「スタイリスト」の手口は、今回の事件のそれとかなり近い。遺品のリレーという最大の特徴だけでなく、被害者が全員若い女性で、その一方で職業やタイプはバラバラで、犯行が県を跨いでいることも同じだ。「スタイリスト」の事件は、五人全員が別の県で殺されていたようだから、今回の事件と全く同じとは言えないものの、よく似ている。——今回の事件が、「スタイリスト」の事件に似ている、と言うべきか。

「模倣犯……」

思わず声に出ていた。

豊崎は、その可能性については何も言っていなかった。俺に言わなかっただけかもしれないし、豊崎が把握していなくても、警察にも、俺と同じように考えている捜査官はいるかもしれない。しかし、もし警察が模倣犯の可能性に気がついていないのだとしたら、それこそ大スクープの可能性がある。

深呼吸で心を落ち着かせた。現時点では、あくまで可能性の一つだ。しかし、仮に手口が似ているのが偶然だったとしても、記事にするにあたって、過去の有名事件との対比は、読者の興味を引くだろう。切り口としては悪くない。

俺は出入り口の近くにあるバイト用のデスクを借りて、コピーした資料を広げる。

「スタイリスト」が活動を始めたのは二十六年前。一人目の被害者は住所不定無職の二十代女性、二人目は二十歳の風俗嬢で、三人目は夏休み中の女子大生だった。四人目は高校を中退した少女で、最後の五人目は、団地住まいの新妻だ。二十五歳だった。全員が若い女性ではあるが、住んでいる県はバラバラで、肩書もそれぞれ違った。死因も異なり、一人目は撲殺、二人目は刺殺、三人目は扼殺、四人目は絞殺されており、最後の被害者、五人目はまた二人目と同じ刺殺だ。「スタイリスト」の犯行は二年にわたって続いた。

被害者の写真は一部しか掲載されておらず、雑誌の小さな白黒写真なので、あまりはっきりとはわからなかったが、特に似たタイプの女性たちとも思えなかった。強いて言うなら、特別に小柄だったり大柄だったりしないという意味で、体形は似ていると言えなくもないが、共通点といえばその程度だ。

好みのタイプの女性ばかりを狙ったわけでもなく、殺せれば誰でもよかったのか。ただ殺すためだけに被害者を選び、殺した……。

今回の事件も、同じだろうか。

記事を読みふけっていると、ふっとデスクの上に影が落ちた。同時に「よう」と声が降ってきて、俺は顔を上げる。坂上が立っていた。

「上田結歌の事件、話聞ける奴見つけたぞ。発見時の状況くらいで大したネタは持ってないだろうけど、行くか？」

「はいっ」

「お、いい返事。連絡先転送しとくから」

現在四十七歳の坂上は、以前大手新聞社に勤務していたこともあり、俺よりずっと顔が広い。自分が取材に出ることがなくなったからか、こうして俺のようなフリーのライターにも、惜しみなく伝手を使わせてくれるのは本当にありがたかった。

そうだ、と思いついて、俺は立ち上がり、坂上に記事のコピーを見せる。

「あの、すみません。編集長、この事件って」

ん？　と坂上は記事に目を落とし、

「随分古い記事読んでんな」

なんでまた、と意外そうにしている。

坂上はまだ、池上有希菜の事件が連続殺人であるということを知らないから、「スタイリスト」の事件との共通点に気づいていないのだ。記者として大先輩の坂上でもそうだということは、俺は今、他の記者たちと比べてかなり優位に立っているといえる。気分が高揚するのを抑え込み、努めて冷静な声を出した。

「今回の事件と似てるところがあるので、参考になるんじゃないかと思って。俺はリアルタイム世代じゃなかったんですけど」

「懐かしいな、俺も昔、未解決事件特集でちょっと調べたことあるよ。十年……十五年くらい前かな」

「ああ、それで……」

古い事件の割には資料が残っていると思った。中には、事件の後十年以上経ってから書かれた記事もある。

「ちなみに、この記事書いたの俺」

デスクに広げられた資料の中の一束を、指先でとんとんと叩いて坂上が言う。

「どうりで、他の記事とは視点の鋭さが違うと思いました」

「おまえのそういう調子いいとこ嫌いじゃねえんだよな俺」

坂上は笑って俺を肘で小突く。

何か訊きたいことあったら言えよ、との言葉に、すかさず甘えた。

「当時の捜査関係者に、話って聞けませんか」

捜査本部でも、今回の事件と、過去にあった類似の事件との関連性を疑う声が出ているかもしれない。そう思い、豊崎に電話をかけてみたが、彼の知る限りではそういう話は出ていないという。他に話を聞いた警察関係者たちにそれとなく探りを入れてみても、同様の答えだった。豊崎にだけは、参考になるかもしれないから類似の事件について調べている、とだけ伝えておいたが、現状、警察としては、模倣犯だとは考えていない――少なくとも、それを前提に動いてはいないようだ。今回の事件に関して、「スタイリスト」事件のことを調べているのは、俺一人ということになる。

坂上が紹介してくれた「スタイリスト」の元担当刑事は、十数年前に引退して、現在は長野県に住んでいた。取材を申し込んだところ、受けてくれるとのことだったので、いそいそと新幹線のチケットをとる。編集部から取材費が出るのはありがたい。

ここ一年以内に起きた三つの事件について、東京、千葉、神奈川の警察関係者に話を聞き、一件目の東京の事件の遺体の第一発見者にも会うことができたが、報道されている以上の情報は得られていない。ベルファーレ上中の住人を探る方向で動いたほうが現実的かもしれない。そちらについては晶が任せろと言ってくれているので、俺は「スタイリスト」事件について調べることで、突破口が見つかることを期待したかった。

東京で、当時事件について取材していた記者に話を聞き、その後、元刑事に会うために長野へと向かう予定だ。泊まりがけになる。晶に連絡を入れていなかったことを思い出し、移動途中で電話をかけて、二、三日留守にすると伝えた。

『優哉と入れ違いだな。出張土産、一緒に食べようと思ってたのに』

晶は、パートに出かけるところだったらしい。スマホをハンズフリー状態にして、玄関先で靴を履いたり鍵を出したり、ごそごそしている音が聞こえてくる。

「優哉くんのお土産、生ものじゃないなら置いといて。帰ったら食べるから」

優哉が出張から帰ってきたのはちょうどよかった。同じマンション内に殺人犯がいるかもしれない状況で、晶を一人にするのはやはり心配だったのだ。

俺は電話で、簡単に「スタイリスト」の話をした。二十六年前に起きたその事件の手口が今回の事件とそっくりだということ、警察はまだ、模倣犯であるという前提では動いていないらしいこと、これから、当時の記者や引退して田舎に帰っている担当刑事に話を聞きにいくということも伝える。

電話の向こうで、晶は「海外ドラマの話みたいだな」と言った。

『そこまで手口が似てるなら、模倣犯に決まってるだろって思うけど、警察はそう考えてないんだな。気づいてないだけか？　結構有名な事件なんだろ、その「スタイリスト」事件ってのは』

「警察全体の方針としては、そういう前提では動いてないっぽい。捜査官の中には、『そういえば似てるな』とか『模倣犯の可能性もあるか？』くらい考えてる人はいると思うけどね」

持ち物をリレーさせる手口自体は、海外で前例があり、「スタイリスト」だけの特徴とは言えない。「スタイリスト」も今回の事件の犯人も、どちらも海外のシリアルキラーの犯行を参考にして、その結果似た手口になった、とも考えられる。それが、警察が「スタイリスト」の事件と結びつけていない理由だろう。

赤信号で立ち止まった。横断歩道を渡った先に、駅が見えている。

「でも俺は、二つの事件には関連性があるんじゃないかと思ってる。ほとんど勘みたいなものだけど」

だから、当時「スタイリスト」事件の捜査にかかわった人間からも意見を聞きたい。長野県まで足を延ばす予定だと伝えると、晶はわかった、気をつけろよ、と言った。それはこっちのセリフだ。晶は、誰が聞いているかわからないマンションの廊下を歩いているらしいときは言葉少なになり、声のトーンも落として話している。さすがに、周囲を警戒はしているようだ。

『加納が、涼太は有能だって感心してたよ』

「えっ、ほんと？　ネタ元になってくれないかな」

『加納の仕事の邪魔して彩を怒らせると、マンション内部の調査がやりにくくなるからそこは慎重にな』

「だよね。何かわかったらすぐ共有するから、そっちもよろしく」

晶は二日前にマンションの住人たちの交流会に出て、家族構成や車の有無などから犯行が可能だったと思われる人間を絞り込んでくれていた。一人暮らしで車を持っていて駐車場利用登録をしている男性は二人、妻と別居中でそれに近い条件の男性が一人。松浦、伊藤、日野という名前をとりあえず記憶する。詳しい話を聞けるのはしばらく後になりそうなので、とりあえず三人の情報をまとめたものをメールで送ってもらうことになった。

『けど、今回の事件が模倣犯だとすると……当時の事件を知ってるってことは、今回の犯人は、ある程度年齢がいってるってことか？　それなら、交流会で絞り込んだ容疑者リストから、さらに絞れそうだけど』

晶の背後から、車の音が聞こえた。外に出たようだ。

「残念だけど、そうとは限らないんだよね……当時の週刊誌の記事ほど詳しくはないけど、ウェブでも事件については読めるから、そこから興味を持って真似をした可能性はあって」

俺は横断歩道を渡って駅の中へ入った。ＩＣカードで改札を通り、それに、と続ける。

長野県までかつての話を聞きに行こうと決めた理由の一つは、そこにあった。

「模倣犯じゃなくて、本人、って可能性もゼロじゃない。『スタイリスト』と呼ばれた犯人は、つかまっていないんだ」

2

パートを終えて帰宅して、夕食の下ごしらえを終えてから、各部屋の可燃ゴミを袋にまとめた。

優哉と共用の黒いクロックスをつっかけて、住人専用エレベーターで一階へ下り、すぐのところにある鉄の扉を開けてゴミ置き場へ入る。途中、誰とも会うことはなかった。

「燃えるゴミ」のラベルが貼られたコンテナのふたを開け、ゴミ袋を投げ込んでから、そっとコンテナを両手で押してみる。中には、すでにいくつかゴミ袋が入っていたが、それでも、底にキャスターのついたコンテナはすんなりと動く。思っていたよりも軽い手ごたえだった。

これなら、遺体を入れて駐車場まで運ぶのは簡単だ。たとえば、コンテナの中に積み上がったゴミ袋の上に遺体をのせて、車まで運び、トランクに積み替える――それなら、屈強な男性でなくても、一人で遺体を移動させられる。

自分の部屋へ連れ込んで殺すのではなく、このゴミ置き場で殺せば、部屋から遺体を運び出すときに人に見られる心配もない。

私は六畳ほどの広さのゴミ置き場を見回した。これまで意識したことがなかったが、二つある鉄の扉には、小さなつまみを回すタイプの錠がついている。管理人がこの場所を掃除するときのためだろうが、内側から鍵をかけることができるのだ。

壁際には掃除道具を収納した棚やバケツが置いてあり、水道も引いてある。コンクリート打ちっぱなしの壁や床は、水で流せばすぐに犯行の痕跡を消せるだろう。部屋の隅には排水口もある。

ここで殺して、扉を開けたすぐ先にある駐車場へ遺体を運び、車に積む。夜のうちに県境を越え、神奈川県の山中に遺体を捨てて、何食わぬ顔で普段の生活に戻る――。やろうと思えば可能だ。おそらく。

一人暮らしの人間ならもちろん、家族がいても――極端な話、被害者と会い、殺し、運び出すまでをすべてこのゴミ置き場で完結させてしまえば、同居している家族に知られずにすべてを終わらせることは可能だ。とはいえ、全員を調べるわけにはいかないから、まずは同居家族がいない、より犯行が露見するリスクが低い環境の住人に絞って調べるしかない。一人暮らしで、車を持っていて、駐車場の利用者として登録している住人が容疑者だ。今のところは、交流会に出ていた松浦と日野を含め、三名が該当していた。

背後で、鉄のドアが開く音がした。

振り向くと、管理人の寺内が、ゴミ袋を片手に提げて立っている。

「あ、今立さん。こんばんは」

「こんばんは」

彼もゴミを出しに来たらしい。一人分だからだろう、大きくはないそれを、ひょいとコンテナのふたを開け、中に放り込んだ。

「管理人さんは、収集日の朝にゴミを出されるんだと思っていました」

「そうですね、どうせその時間にここへ来るのでそれでもいいんですが、当日慌てないように、できるだけ先に出しておくようにしてるんですよ」

いつもありがとうございます、と私が言うと、寺内は「とんでもない」と首を横に振った。

「こちらにお住まいの皆さんは、マナーもルールも守ってくださいますから。こちらこそ助かっていますよ」

マナーもルールも守っているはずの住人たちの中に、殺人犯がいる。

皮肉な話だ。ゴミの中に凶器や証拠品を紛れこませていたとしても、分別さえしていれば、マナーとルールを守ったことになる。

「これまで、変なゴミが出されていたことはなかったですか？」

たとえば、血のついた服が、半透明のゴミ袋から透けて見えていたとか――犯人が、犯罪の証拠を無防備に家庭ゴミとして出すとは思えなかったが、念のために訊いておきたかった。ゴミの中に不審なものがあれば、気づく可能性が一番高いのは寺内だ。

「変な、というと？」

訊き返され、不自然な質問だったかもしれない、と反省する。事件について探っていることは知られるなと、涼太にも加納にも言われている。もっと慎重にならなければ。

「ごめんなさい、ちょうどそういうシーンをテレビで観て。美容室から出たゴミの袋の中に、カット用のマネキンの頭みたいなのが入っていて、見た人が驚いて腰を抜かした、みたいな……」

「ああ」

寺内は、なるほど、というように笑った。

「そういう、話の種になりそうなゴミはないですね。袋ごしに見える範囲では、ですけど」

そうですか、ですよね、と愛想笑いを返す。

やはり、犯人も、犯行の証拠を、それとわかるような形でゴミに出したりはしないか。

「ゴミ出し、お一人でされるのは、大変じゃないですか」

「いえいえ、これごと押して前の道まで運ぶだけですから。あとは、一つずつ袋を下ろせばおしまいですよ」

ぽんぽんとコンテナを叩いて、寺内は言う。

便利ですね、と返しながら、私は、彼に犯行は可能だろうか、と考えた。

寺内も、一階の、住居兼管理人室で一人暮らしだ。管理人という立場上、ゴミ置き場を掃除するという名目で、内側から鍵をかけ、被害者を殺害したり、その後始末をしたりすることもできたはずだ。しかし、寺内は高齢で――おそらく七十代半ばから後半だ――、片足を少し引きずっている。犯行が不可能とは言えないまでも、松浦や日野と比べると、可能性は低そうだった。

「そうだ、寺内さんって、車には乗られるんでしたっけ」

ついでに確認しておく。

寺内はあっさりと頷いた。

「はい。自分の車は持っていませんが、郊外のホームセンターに行くときなんかには使うので、カーシェアリングに登録しています」

「今、車の購入を考えていて……おすすめの車種とか、色んな人に訊いているんです。カーシェアリングか、それもいいですね」

確か、あらかじめ利用者登録をしておいて、決められた場所に置かれた一台の車を、数人で共同で使うというシステムだったはずだ。

「駐車場には、今空きがないですから……。道を渡って左に曲がったところに、月極の駐車場があるでしょう。私が乗っている車はそこに停めてあります。自分の車をマンションの駐車場に停めているのと、それほど変わらないと思いますよ」

今度見せてください、ええ、いつでも、と和やかに言葉を交わしながら、考える。

すぐ近くとは言っても、そこまで遺体を運んで車に積むとなると、目撃される可能性は上がってしまう。ベルファーレの駐車場を出るところまでは、ゴミ用コンテナに入れたまま運べばいいが、敷地外の月極駐車場までコンテナを押していくわけにはいかないだろう。

それに、他人と共同で使っている、そして利用状況を記録されている車で、死体を運ぶというのは考えにくい気がする。

「そういえば、駐車場のカメラ、壊れてるんでしたっけ」

ふと思いついた、というような顔で言った。車の話からの流れなので、そう不自然ではないはずだ。

寺内は怪しむ様子もなく頷き、「今週中には修理が終わると思いますよ」と言った。

「どうして壊れたんでしょうね。誰かのいたずらとか……？」

「さあ、そんな感じはしませんでしたが……結構古いものですからね」

この物言いからすると、故障といっても、石をぶつけられていたとか、コードが切られていたとか、明らかに人為的とわかる形ではなかったようだ。わざと壊したのが丸わかりでは、警察が介入するリスクが高まると考えて、犯人が配慮したのかもしれない。

私は寺内に会釈をして、ゴミ置き場を出た。

エレベーターに乗り込み、扉が閉まった後で、自分は今、容疑者の一人と密室に二人きりだったのだと気がつく。情報収集のためとはいえ、のんきに立ち話をしていたことを涼太に知られたら、危機意識が低いと叱られそうだった。

凶悪な連続殺人事件の模倣犯と、同じマンションに住んでいるという実感は、まだ湧かない。

いや、模倣犯ではなく、本人かもしれないと、涼太は言っていた。

過去の事件から二十六年……五人目の被害者が出てから二十四年。「スタイリスト」が当時二十代だったとしたら、今は四十代から五十代。当時三十代なら今は五十代から六十代だ。十分ありえる話だ。

二十六年前の事件当時、「スタイリスト」が少年だった可能性もあると考えると、今三十代の人間から七十代の人間まで、容疑者の幅は広がる。

エレベーターが五階に着き、ドアが開く。ゴミ袋を持った、同じ階の住人女性と入れ違いになった。

会釈をして通り過ぎ、急に不安になる。

あの女性は、これから、ゴミ置き場へ行くのだろう。あそこが犯行現場かもしれないとは知らずに。このマンションに連続殺人犯が潜んでいるとも知らずに。

寺内はもう部屋へ戻っているだろうし、まだ日も暮れきっていない時間帯で、心配することはないと頭ではわかっているが、なんだか落ち着かなかった。

しばらく廊下をうろうろした後、玄関の鍵を開けたものの、そのままの姿勢で待っていると、一階へ下りたエレベーターが動き始めた。さっきの彼女がゴミを出し終えて、エレベーターに乗ったのだろう。ひとまずほっとする。

さっきすれ違った隣人がまだ廊下にいたら不審に思うだろう。私は玄関ドアに身体を滑り込ませ、ドアをわずかに開けて待った。

エレベーターの扉が開く音がする。誰かが降りてきて、隣の部屋の玄関を開ける音がした。

私はようやく安心して、玄関のドアを閉める。

鍵をかけ、それから、普段はかけていなかったドアガードも横へ倒してロックした。

3

どうぞ、とちゃぶ台の上にカップが置かれた。ファイルを広げていることを考慮してか、目の前ではなく、少し離れたところに。俺は慌ててファイルから顔を上げ、にこにことこちらを見ている澤部（さわべ）に頭を下げる。

「すみません、いただきます」

コーヒーカップの横には、個包装のりんごのパイ菓子が添えられていた。貴重な資料を汚さないよう、ファイルを閉じて畳の上へ置いてから、カップを引き寄せる。

引退した刑事が一人で暮らす家はこぢんまりとした庭つきの日本家屋だったから、日本茶と饅頭ではなく、コーヒーとパイ菓子というのが意外な気がした。「これ、好きなんですよ」と言いながら、澤部は自分も小袋を破っている。

元捜査第一課の刑事だというから、体格のいい強面を想像していたが、少なくとも現在の澤部は、薄い白髪と細い目の、ふくよかな好々爺といった印象で、とてもかつて殺人事件の捜査に当たっていた刑事のようには見えない。

「どうですか、お役に立ちそうですか」

「はい、すごく興味深いです。それに、びっくりするくらい読みやすくて……思っていたよりずっと、まとまっているというか。こんな言い方は失礼かもしれませんが」

「自分で読み返して、すぐ思い出せるようにしてあるんですよ。解決しないままだったから、退職した後も、あきらめられなくて……さすがにここ何年かは、もう取り出すこともなくなっていましたけどね」

何かの役に立つならよかった、と言って、澤部はパイを半分かじり、コーヒーを飲んだ。

彼が持ってきてくれた箱の中には、当時の資料の写しや、澤部自身の作成したメモなどが、きちんとファイリングされて詰めてあった。もちろん、捜査資料すべてがそろっているわけではなく、ここにあるものは澤部が個人的に集めたごく一部なのだろうが、本来は持ち出し禁止と思われる資料も含まれている。夢中で読んでいて、気がつけば一時間近く経っていた。

「スタイリスト」の事件と今回の事件には、確かに共通点がある。しかし、こうして当時の事件に関する詳しい資料を当たると、相違点もあることがわかった。

たとえば、「スタイリスト」ははじめからずっと、被害者には、ローリスクな相手を選んでいる。事情があってホームレスになった女性や、一人暮らしの風俗嬢、家出少女などだ。被害者の中には、夏休み中の女子大生もいたが、彼女も親元を離れて一人暮らしで、友達や交際相手もいない、要するに、いなくなってもすぐには騒ぎにならないような存在だった。下調べをして、そういう相手ばかりを狙ったのだろう。

犯罪の証拠は、時間が経てば経つほど減ってしまう。目撃者の記憶も薄れる。だから、当然だが、犯人にとっては事件の発覚が遅いほどいい。「スタイリスト」は、それをよくわかっている。

実際に、「スタイリスト」の被害者が発見されたのは、一人を除いて、死後二週間以上経ってからだった。当時は今ほど防犯カメラは多くなかったはずだが、たとえ防犯カメラに写ってしまっても、事件が発覚したころには録画データは上書きされている。

今回の事件でも、池上有希菜の遺体が発見されたときは、死後一か月が経過していた。しかし、二人目の被害者、千葉市内で殺された堂本実月は、死後数時間で発見されている。防犯カメラや目撃証言から容疑者を特定できなかったのは偶然だ。カメラがどこにあるかくらいは計算していたかもしれないが、それにしても、大胆な犯行だ。ずさん、と言い換えてもいい。二十六年前の犯行と比べると、随分と脇が甘いように思えた。

長いブランクを経て勘が戻っていなかったとか、年を重ねて衰えたという可能性も否定はできないが、「スタイリスト」の犯行にしては、若干違和感がある。

「『スタイリスト』が『スタイリスト』と呼ばれるようになったきっかけのことですが……警察はどの段階で、被害者の持ち物がリレーされていたことに気づいたんですか」

コーヒーカップに手を伸ばして俺が尋ねると、

「情けない話ですけど、長い間、気がつきませんでした」

俺に対して直角の位置に座った澤部は、そう言って恥じ入るように目を伏せた。

「捜査官の中には、遺体を見て、何だか、服装と合わない小物を身につけているな、と思った者もいましたが、それだけでした。一つ一つの殺しの間隔が空いていたのと、管轄が異なっていたせいもあって、警察は長い間、一連の事件を連続殺人だとは考えていなかったんです」

今回の事件では、池上有希菜の遺体がつけていた腕時計に、堂本実月の指紋が残っていたから、それがきっかけで同一犯の犯行だとわかったが、過去の事件では、そういうヒントはなかった。二十六年前の事件の際、「スタイリスト」はミスをしなかったということだ。だから、警察は、五人目の被害者が出るまで、それが連続殺人だとは気づかなかった。

「県を跨いだ殺人事件が、一人の犯人による連続殺人だとわかったのは、五人目の被害者が出た後です。伊川鈴花(いかわすずか)という、二十代の女性でした。犯人に『スタイリスト』なんて呼び名がついたのもその後のことです」

俺は黙って頷いた。

五人目の被害者についてはまだ詳細を読めていなかったが、読んだ資料の中に名前は出てきていた。「スタイリスト」の最後の被害者だ。池上有希菜を含む今回の連続殺人事件が、「スタイリスト」の仕業ではないとしたらの話だが。

「伊川鈴花の遺体は、結婚指輪をつけていませんでした。いつも身につけていたはずなのになくなっていると家族が気づいて、警察に伝えたんです」

「伊川鈴花さんには同居家族がいた……というか、結婚していたんですよね」

他の被害者たちとは違って、いなくなっても誰も気づかないようなターゲットではなかったということだ。澤部は、「新婚半年でした」と答えた。

「年上の夫は忙しい人で、出張が多くて、彼女は一人になることが多かったそうですが。そこを犯人に狙われたようです」

彼はコーヒーを一口飲むと、カップを置いた。脚の間で両手の指を組み、資料を見もしないで、すらすらと続ける。

「指輪がなくなっているかわりに、伊川鈴花は、夫の見覚えのないネックレスをつけていました。金メッキの、小さなハートがついたネックレスで、夫だけじゃなく、実家の両親も、友人たちも、彼女がそんなものを身につけているのを見たことはないと言いました。捜査員の一人が、伊川鈴花の半年ほど前に遺体で見つかった女性が、生前撮った写真の中でそのネックレスをつけていたことに気がつきました」

偶然かもしれない、と思いながらも調べてみたところ、鈴花の半年前に見つかった女性の遺体は、ネックレスをつけていなかった。ハートのネックレスは彼女のお気に入りだったらしく、写真に写る彼女はいつもそれを身につけていたにもかかわらず。

捜査員たちは二件の殺人に関連性を見つけて色めき立ち、「もしや」と、過去数年の未解決事件の中で、女性が殺された事件を調べ直した。すると、さらに三件の殺人事件が、どうやらつながっているらしいことがわかった。

被害者同士に面識はなく、手口も被害者の住んでいる地域も違うため、これまで単独の事件だと思われていたものばかりだった。

「鳥肌が立ちましたよ」

経緯について説明を終え、澤部は、簡潔にそう言った。

当時の澤部たちの気持ちは想像できる。犯人の行為にぞっとし、同時に、事件解決の手がかりとなるだろう事実を発見したことには興奮したはずだ。

連続殺人であるとマスコミが報道したとき、犯人のほうはどんな気持ちだったのだろうと想像した。

少しは危機感を覚えたのか、それとも、やっと気づいたか、とほくそ笑んでいたのだろうか。いずれにしても、犯人――「スタイリスト」はその後、二十四年経った今も、つかまっていない。

少し冷めたコーヒーを飲んだ。急に苦く感じて、りんごパイの袋を破る。澤部のおすすめらしいが、事件のことばかり気になって、あまり味に集中できなかった。

「最後の被害者だけ、他の被害者たちとは少し……タイプが違いますね。新婚の、孤立していない女性をターゲットに選んでいる。それに、結婚指輪なんてわかりやすいものを盗って、ネックレスをつけさせたのも……」

持ち物リレーに、というか、連続殺人であることに気づかれてもいい……むしろ気づかせようとしているように思える。

俺が指摘すると、澤部も頷いた。

「そうですね。意図的だと思います。少なくとも、連続殺人であることを気づかれてもかまわないと思っていたんでしょうね」

つまり、その時点で事件の連続性に気づかれたことは、「スタイリスト」のミスではないのだ。

二十四年前の犯行時、「スタイリスト」は、ミスはしていないと言っていい。運もあっただろうが、計画性や巧妙さは、今回の犯人より、明らかに上だ。

まだ断言はできないが、やはり今回の事件の犯人は、「スタイリスト」本人というより、模倣犯と考えたほうがしっくりくる。

考えを巡らせながら、俺は顔を上げて澤部を見た。

「澤部さんは……被害者の持ち物をリレーさせる犯人の行為に、どういう意味があったんだと思いますか。そもそも意味があったんでしょうか」

捜査に携わっていた当時から、何度も考えたことなのだろう。澤部はすぐに答える。

「正直に言って、犯人の考えることはわかりません。ただの趣味、性癖、悪ふざけだったのかもしれませんが……我々警察をあざ笑っていたのかもしれないと、仲間の中には悔しそうにしている者もいましたよ。こんなヒントをもらうまで気づかなかったのか、と」

そうだろうか。

結婚指輪とネックレスを入れ換え、最後の最後にわかりやすいヒントを警察に与えた形にはなるが、なんとしても警察に気づいてほしい、というほど露骨とも言えない気がした。「スタイリスト」は、リレーについて誰にも気づかれなかったとしても、それはそれでいいと思っていたのではないか。

　そもそも、被害者の持ち物をリレーさせる行為は、自己顕示欲の表れの署名行動としては弱いように思える。自分の犯行だと気づいてほしいなら、有名なアメリカのシリアルキラーたちのように犯行声明を送るとか、現場にマークやサインを残すとか、いくらでもやりようがあるはずだ。

　口には出さなかったが、表情に出ていたのかもしれない。俺が別の考えだと察したらしい澤部が、「あなたは、どう思われますか」と訊いた。

「そうですね……おっしゃるとおり、想像するしかないんですけど」

　担当捜査員として現場にいた澤部に、ちょっと資料を読んだだけの俺が意見を言うのは勇気が要ったが、訊かれたのだから、と口を開く。

「目的は、警察への挑発や、自己顕示欲からの、誰かに気づいてもらうためのサインというより、もっと個人的なものだったんじゃないか……という気がします。想像ですけど」

「個人的とは、やはり趣味、楽しみのため……という意味ですか」

「そう……ですね。自分の気持ちを昂（たかぶ）らせる……盛り上げるため、というか」

どう説明すればいいのか、自分の考えをまとめながら言葉を探す。

「伊川鈴花さんは、他の四人と比べると、一人だけハードルの高い標的でした。襲いやすくてバレにくい相手を選んだわけじゃない。彼女個人に意味があったのは明らかです。彼女だけに……そのことを考えたとき、『スタイリスト』が本当に殺したかったのは、彼女だったんじゃないかと思ったんです」

伊川鈴花は、一人になったところを狙って襲うのが他の四人と比べて難しく、犯行後、遺体が発見されるのも早い、誰でもいいならあえて選びはしないようなターゲットだ。それでも「スタイリスト」は彼女を選んだ。少しずつハードルを上げるのではなく、一足飛びにリスクの高い被害者を狙い、殺害に成功した後は、きっぱり犯行を止めている。それは、最初から、伊川鈴花を殺すのが最終目的と決めていたからではないのか。

最後に結婚指輪などというわかりやすい遺品を奪ったのも、警察に気づかせるためというより、ただ単に、気づかれてもかまわないと思った結果だったのではないか。そう考えたら、つじつまが合う気がした。

「なるほど……確かに、伊川鈴花は被害者の中で一人だけ異質です。急にハードルが高くなっていることも気にはなっていました。犯行に慣れてきた犯人がスリルを味わいたくなったとか、警察への挑戦みたいな感覚なのかと思っていましたが」

「もちろん、経験を積むにつれて自分の力を試したくなった、挑戦したくなった、という可能性もあると思います。俺も最初はそう思っていました。でも、記録を読んだ限り、『スタイリスト』は最初から最後まで周到で、行き当たりばったりなところはないので……犯行を重ねていく途中で『次は難しい獲物を狙ってみるか』と考えたというのは、ちょっと違うような気がするんです」

確かに、と言って澤部は自分の顎を撫でるような仕草をする。

「そう言われれば、納得できます。はじめから、伊川鈴花が『本命』だった……遺品のリレーについては、本命のターゲットに近づいていく気分を盛り上げる小道具だったというわけか」

澤部が指摘したとおり、誰か気づくかもしれない、というスリルを楽しんでいたところもなかったとは言えないにしろ、ほとんどは個人的な儀式のようなものだろう。

もともと彼女を最後の被害者にすると決めていたから、リスクが高くても、遺体がすぐに発見されて犯行が発覚してもよかった。その段階で連続殺人だとバレて警察や社会に警戒されても、それ以上犯行を続ける予定はなかったし、逃げ切れる自信があったのだ。

最後に自分がやったと知らしめてやりたい、という自己顕示欲もあったかもしれないが、最後に目立つことをした一番の理由は、きっとそうだ。

「もうこれでおしまいだと決めていたからでしょうか、伊川鈴花の殺害だけがことさらに大胆な犯行です。リスクの高い標的である彼女の自宅に乗り込んで、室内で殺している。奴は、逃走時、マンションの住人に目撃さえされているんです。あいにく子どもしか見ていなかったうえ、ちらりと斜め後ろから見えた程度だったそうですが、似顔絵も作られました」

初耳だ。犯人の似顔絵があったとは。俺は思わず身を乗り出す。

「公表はされていませんよね？」

「何しろ子どもの証言ですし、食い違う話もあったりして……どこまで信憑性があるかわからなかったんです。似顔絵がかえって思い込みになって、捜査の幅を狭めてしまうおそれもありましたから」

澤部は手を伸ばし、箱の中から俺がまだ見ていなかったファイルを取り出してめくった。彼が開いて見せてくれたページには、鉛筆で描かれた似顔絵のコピーが綴じられていた。描かれているのは、長めの髪が襟足にかかった、目つきの悪い、太った男の顔だ。二十代か、三十代くらいだろうか。

これが犯人の顔なのか。俺は似顔絵を見つめる。

澤部の口ぶりでは、鵜呑みにはしないほうがいい情報なのだろうが、似顔絵とはいえ初めて目にする犯人像にはやはりインパクトがあった。

この男が、二十四年の時を経て、今もどこかに――ベルファーレ上中に潜んでいるのか。

「本命のターゲットだった彼女を殺して、満足したから……奴は犯行を止めたんですね。警察が追い詰めたわけではなかった。私たちは、勝ち逃げされた」

自虐的なセリフと裏腹に、澤部の表情は悔しげだ。事件から二十四年経った今でも、自分が退職してからも、悔しいという感情が湧くらしい。彼にとってもまだ、事件は終わっていないということだった。

「まだ、勝ち逃げと決まったわけじゃありませんよ。最後の被害者が本命だったという前提で改めて調べたら、何か見えてくることがあるかも……その、俺も微力ですけど、貢献できたらと思っているので。記事を載せてもらえたら、世間にも関心を持ってもらえるかもしれないですし」

俺のような若僧の言葉など響かないかもしれないが、せめて気休めになればと思って言った。

澤部はふっと目元を和らげる。引退間近のベテラン刑事が、指導担当の新人に向けるような目だと思った。

「あなたのような若い人が、忘れられかけている事件に興味を持って動いてくれるのは頼もしいですよ。邪魔してしまいましたね。どうぞ、ゆっくり読んでください。何かあったら声をかけてください」

「ありがとうございます。……あ、伊川鈴花さんとか、被害者の方たちの写真もありますか？」

コーヒーを飲み終えて腰を浮かせかけた澤部を呼びとめる。

彼は「あったはずですよ」と答えて横から手を伸ばし、俺がまだ箱から出していなかった黄色いファイルを引き出した。ちゃぶ台の上に広げ、ぱらぱらとめくる。

「比較的鮮明なものがあったはずです。ええと……このあたりかな」

そのファイルの後ろのほうのページには、被害者たちの写真が綴じられていた。遺体発見時に撮られたものではなく、遺族から提供されたと思われる生前の写真だ。コピーだったが、どれも、彼女たちの顔や雰囲気がよくわかるものばかりだった。

「ああ、あった。伊川鈴花は彼女ですよ」

その中の一枚を、澤部が指さす。クリアポケットの中から取り出して見せてくれたその写真には、俺と同年代に見える女性が写っている。

黒髪をふんわりとカールさせ、柔らかな微笑を浮かべた美人だ。

誰かに似ている、と思った。

すぐに思い当たった。

4

パートの夜シフトを終えて、飲み屋から出てくる、あるいは、二軒目に入っていくスーツ姿のサラリーマンや大学生らしき若者たちを横目で見ながら歩く。

以前代理で一度だけ夜シフトに入ったときに思いのほか楽だったので味をしめて、今日は自分から言ってシフトに入れてもらった。優哉は帰りが遅くなると言っていたから、彼よりは早く帰宅できるだろう。

涼太からは、明日帰る、と聞いている。

どうやら何か情報をつかんだらしく、パートに出る前に電話で話したとき、テンションが高かった。

『情報を踏まえて仮説を立てたんだ。いい記事になりそう。帰ったら報告するから期待してて』

得意げにそんなことを言うので、

「おまえそれフラグだぞ。自分しか知らない犯人の手がかりをつかんだ直後に殺されるやつ」

指摘してやったら、やめろよそういうの、と割と本気で怖がっているようだった。

電話を切った後で俺が襲われて帰らぬ人になったら、あんなこと言わなければよかったって後悔するのは姉ちゃんなんだからな、などと可愛いことを言っている。

『姉貴こそ気をつけろよ。「スタイリスト」は五人殺してる。今度の犯人が本人でも模倣犯でも、二十四年前の事件をなぞってるなら、間違いなくまだ殺す気だ』

土屋さんを数に入れるとしても、あと一人。涼太はそこまで言わなかったが、おそらく私と同じことを考えていたはずだ。

私は大丈夫だよ、気をつける、と返した。

パートの前に、そんな会話を交わしたばかりだった。

にぎやかな駅前のエリアから住宅街へと入り、少ししたころ、私は後ろからついてくる足音に気がついた。

私をつけている、とは限らない。同じ方向に用があるだけかもしれない。

それこそ、前回のように、ベルファーレの住人ということだって考えられる。

振り向こうかどうしようか、迷いながら五分ほど歩き続けた。

振り向いて、知っている住人だったとわかれば安心できる。しかし、もしも危険な相手だった場合、刺激することにならないか。——いや、危険な相手がつけてきているのなら、振り向いても振り向かなくても同じことだ。

ちょっと後ろを向いて相手の顔を見ればおしまいだ。そう思うのになかなか踏ん切りがつかないまま、じわじわと不安が募った。

相手は私の、数メートル後ろを歩いている。

相手を先に行かせ、顔を確認するか。

街灯のそばで、スマホを見るふりをして、道の少し脇により、私は歩く速度を落とす。

しかし、後ろを歩いている誰かは、私を追い抜きはしなかった。私が止まるのと同時に、足音も止まる。やはりついてきているのだ。

ただの変質者か、それとも、犯人か。

夜ではあるが、まだ十一時前だ。住宅街の家々の窓の明かりはついている。私が大声を出せば、誰かの耳には届くだろう。犯人だって、それは承知のはずだ。この場で襲って、どこかに停めてある車まで死体を運んで、というのは現実的ではない。ということは——私をつけているのは、怯えさせ、調査をやめさせるためか。警告のつもりだろうか。

そう思った瞬間、恐怖より、怒りを感じた。

止まっていた足音が再び聞こえ、それと同時に、私はとうとう振り返る。私の数メートル後ろにいた男は、歩き出していた。こちらへ向かってではない、反対方向へだ。黒いパーカのフードをかぶっている。服装からすると、この間見たのと同じ男かもしれないが、後ろ姿ではよくわからない。

何十メートルもの距離をついてきたはずなのに、引き返している。不合理な行動だった。私を脅すためにつけてきて、私が警戒している様子を見せたから、満足して、あるいは、騒がれては困ると思って、「そろそろいいか」と引き返した——ように見えた。

相手が女だから、ちょっと怖がらせれば、震えあがって自分の思いどおりになると思っているのか。

なめんじゃねえ、と思った瞬間、私は男のほうへ向かって走り出していた。

顔を見てやる。必要ならフードを引っ剝がしても。むしろチャンスだ。誤解なら謝ればいいだけだ。

私の地面を蹴る足音に気づいたのだろう、前を歩いていた男は、ぎょっとしたように振り向きかけ、自分もだっと走り出した。追う側と追われる側が、完全に逆転した。せいぜい慌てればいい。

スタートダッシュで大分距離を詰めたので、追いつけると思ったが、向こうも必死だった。一つ角を曲がり、駅近くの喧騒が近いあたりまで一気に走り、私の目の前で、横断歩道のない車道を突っ切る。何台分かのブレーキ音とクラクションが重なったが、男は立ち止まらない。行きかう車の間をぎりぎり走り抜け、雑踏の間を縫って路地裏に逃げ込んだ。

数メートル先に横断歩道があったが、信号が青になるのを待っている間に相手は逃げおおせるだろう。

私は目で追っていた男の後ろ姿が見えなくなってからも、しばらくの間、未練がましくそこに立って道の反対側を見つめていた。

そうしている間に呼吸が整ったので、ようやく踵を返して歩き出す。

今のことは、後で涼太に報告しよう。何をされたわけでもなく、むしろ逃げる相手を走って追いかけたのは私のほうなので、警察に通報するわけにもいかない。

相手の顔は見えなかったが、新しい情報を全く得られなかったわけではない。あの男が犯人だとしたら——連続殺人とは無関係の、ただの痴漢だったという可能性もなくはないが——、寺内ではない。私が全力で追いかけたのに、逃げ切ったのだ。車道を突っ切ったタイミングなど、偶然の要素もあるから、スプリンター並みの健脚の持ち主というわけでもないだろうが、足の悪い高齢者では絶対になかった。

一度通って戻った道を、また歩いて帰ることに若干の虚しさを感じつつのろのろと数メートル歩いたところで、

「晶さん？」

後ろから声をかけられた。

「やっぱり晶さんだ。どうしたの、こんな遅く」

振り向くと、優哉が立っている。帰宅時間と重なってしまったようだ。

しまった、と思ったがもう遅い。

「もしかしてパート帰り？　え、こんなに遅くなるの？　だめだよ、危ないよ」

「あー……ちょっとシフトに入れない人がいて、今回特別にヘルプに入っただけ。もう夜シフトには入んねえから」

自分もこの時間に帰宅しているくせに、真剣な表情で詰め寄ってくるのを、内心大げさなと思いつつ、おとなしくそう約束した。事実、たった今、誰かに襲われそうになっていた……かもしれないのだが、それは伏せておく。知られようものなら、パートを辞めるよう泣いて懇願されるところだ。でなければ、送り迎えを自分がすると言い出しかねない。

もう夜シフトには入らない、と言ったのが効いたのか、優哉は「ならいいけど」と引きさがった。そのまま、一緒に歩いて帰る。

この心配性の夫に、マンション内に連続殺人犯が潜んでいて、知人が被害に遭ったかもしれず、涼太と調査中だなどと言ったら、目を回すかもしれない。しかし、何も言わずにいるのも少し心苦しいというか、不誠実なような気もする。

とりあえず、本当に夜のシフトに入るのはもうやめて——涼太の隣人の土屋が姿を消してしまったことくらいは後で話しておくか、と思った。それだけでも、私までさらわれるのではないかと心配で出張にも行けない、と言われてしまいそうだが。

5

「犯人を走って追いかけたあ⁉」

新情報と土産の黒糖饅頭を持って数日ぶりに訪ねた晶の家のダイニングで、俺は思わず声をあげた。

玄米茶を急須から湯呑みに注いでいた晶が、「声がでけえよ」と顔をしかめる。

「だってむかつくだろ。一方的に翻弄されてるみたいな……こっちが怖がってると思って、相手はニヤニヤしてんのかと思ったら。だったらいっそ、こっちから行ってやろうっていうか」

「あー、スイッチ入っちゃったんだ、ケンカ上等スイッチが。元ヤンの血が」

パートの前に電話で話して、気をつけろ、と言ったのを覚えている。晶も、わかった、と答えたはずだった。その舌の根の乾かぬうちにこれだ。

姉の性格はわかっていたつもりだったし、だから警告もしたのだが、ほとんど意味はなかったようだ。ため息をつくしかない。

「今回は相手が逃げたからよかったものの、下手に刺激して、その場で襲われでもしたらどうするつもりだったんだよ。凶悪犯相手にさ」

「住宅地で、いざってときは騒げば人に聞こえるような場所だったたし、ちょっと走れば駅前に出られる距離だったし、何も考えずに追いかけたわけじゃねえよ。不意打ちで相手の優位に立てるチャンスだったし」

「まあ、相手はまさか向かってこられるとは思わなかったから、とっさに逃げ出したんだろうけどさ」

優哉くんが知ったら泣くよ、と俺が言うと、晶もさすがにばつが悪そうな表情をした。もごもごと何か言い訳しながら玄米茶の湯呑みを俺の前に置いてくれたので、かわりに箱から饅頭を一つとって手渡した。

「優哉には言ってねえんだよな。事件のことも、調査のことも。何か泣いて止められそうで」

「あー、確かにね、ヤンデレ化しそうだよね。優哉くんちょっとそういうとこあるよね」

晶が饅頭の包装を剝くと、黒糖の香りが広がった。食欲を刺激されて、俺も自分の分をとる。甘党の元刑事、澤部のおすすめの一品だ。

「でもさ、まじな話、単独行動はやめたほうがいいよ。今度危ないことしたら、優哉くんに言いつけるからね俺」

「気をつける。もう夜のシフトには入らないようにするし、何かあったら一人で動く前に連絡する」

珍しく殊勝な態度なので、これ以上は言わないことにした。晶だって命は惜しいだろうし、心配性の夫に泣かれたくもないだろう。

饅頭の包みを開けて、一口で半分を食べた。玄米茶が合う。残り半分も口の中に放り込む。

「まあ、犯人も、姉貴のことは狙わないと思うけどさ」

「何でだよ。追いかけて脅かしたからか？」

「それもあるけど……えーと、順を追って説明するね」

俺は湯呑みを置き、豊崎や澤部から聞いたこと、資料を見せてもらってわかったことを晶に話した。二十四年前の事件と今回の事件の相違点について、晶は興味深げに聞いている。

さすがにコピーして持ち出すわけにはいかなかったが、こっそりスマホのカメラで撮らせてもらった犯人の似顔絵を見せると、晶はしげしげと眺めて、「知らない顔だな」と言った。

「松浦とも日野とも、知ってる奴の誰とも似てねえな。私を追いかけてきた男も、こんな感じじゃなかったし。顔は見てねえけど、こんな太ってはいなかった」

「まあ、これ、二十四年前の姿だしね」

犯人が当時二十代か三十代だったとしたら、今は四十代から六十代だ。体形も顔も変わるだろう。そもそも、この似顔絵にはそれほど信憑性がないと思ったほうがいいと、澤部が言っていた。似顔絵の基になった証言については、澤部のところに記録が残っていなかったが、証言者は子どもで、おそらく供述内容も曖昧だったのだろう。

思い込みは禁物なので、晶にもその旨を説明する。晶は、「似顔絵にとらわれず、全方位に警戒を続けろってことだな」と頷いた。

「わかったことをまとめると、『スタイリスト』に比べて、今回の犯人は雑ってことだよな。

つまり、池上有希菜たちを殺した犯人は、『スタイリスト』本人ではない？」

「同一犯で、単に衰えたとか、久しぶりで調子が戻ってないとか、そういうことかもしれないけど……色々調べて考えた結果、俺の感覚としては、違うんじゃないかなとは思ってる」

もとはといえば、二人は同一人物かも、と言い出したのは俺なのだが、新情報を踏まえて考えを決めた。玄米茶をすすって続ける。

「普通は、経験を積むと、手口はより巧妙になる傾向にある。今回の事件を起こしているのは、本家『スタイリスト』ほどには手慣れていない犯人なんじゃないかっていうのが、俺の印象。殺害場所とか、ターゲットの選び方なんかを見てもね。二人目なんか、繁華街の路地裏で殺してる。誰にも見られてないのは運がよかっただけじゃないかって気がするよ。事実、遺体もその日のうちに発見されてるし」

もしかしたら、一人目を殺して、記念品を持ち去った後で、「スタイリスト」の手口をなぞろうと思い立ったのかもしれない。話しながら、そう思いつく。それくらい、犯人の行動は行き当たりばったりに見えた。

「そんなんで、よくこれまでつかまらずにいられたな。けど、三件目は、見つかりにくい山の中に遺体を移動させたり、あらかじめ防犯カメラを壊したり、結構考えて動いてる感じだろ。やろうと思ってそれができるなら、一件目からもっと注意するんじゃねえか？」

「二件目までは、運よくバレずに済んで……次はそれこそ経験を積んで、成長というか、学習したのかも」

「まあ、そういうこともあるか」

少なくとも、だんだん下手になっている、というよりは、だんだん手口が洗練されてきている、というほうが納得はできる。

もしくは、二件目の殺人だけは、前もって準備ができない、衝動的なものだったとか……？　そこまでいかなくても、一件目、二件目のときはそれほど深く考えていなかったのが、だんだん、殺し続けるためにはもっと慎重になるべきだと思い始めたのかもしれない。

「犯人が別人なら、『スタイリスト』事件について調べても今回の犯人にはつながらないいんじゃねえの？」

「そんなことないよ。単なる模倣犯だとしても、犯人は『スタイリスト』に影響を受けているって前提で考えれば、これからの動きを予想するうえでも意味はある」

晶は急須をとって自分の湯呑みにおかわりを注ぐ。濃くなった玄米茶が湯呑みの半分を満たした。晶はお茶も料理の味つけも濃いめが好きなので、俺はひそかに姉夫婦の塩分過多を心配している。

「今回の犯人が『スタイリスト』の真似をしてるなら、あと二人……土屋さんを数に入れるとしても、あと一人、被害者が出るってことか」

「そうだね。完全に模倣するつもりなら、五人殺したところで止まるはずだけど」

俺の仮説のとおりなら、「スタイリスト」は本命のターゲットだった五人目を殺して、満足し、犯行を止めた。最初から伊川鈴花の殺害だけが目的だったとしたら、それまでの四人はすべて、前座であり、本命の殺害を盛り上げるための装置のようなもの……あるいは、練習だったということになる。ぞっとするが、模倣犯が、特定の誰かに入れ込んでいるわけでもないのに、「スタイリスト」の犯行をなぞるためだけに五人目の被害者を品定めし、前座として四人を殺したのだとしたら、それもまたおぞましい話だった。

晶が、急須を持ち上げて「新しいの淹れるか？」と訊いてくれたが、俺はもういいと首を横に振る。晶は急須を置き、濃い緑色の玄米茶に口をつけた。

「じゃあ、今回の事件も、犯人が本当に殺したいのは五人目のターゲット、ってことか？そいつの中では、最後に殺す相手はもう決まってる？」

「その可能性はあると思う。同一犯ならもちろん、模倣犯でも。ここまで模倣するくらい手口を研究してるなら、『スタイリスト』の本命、最終目的が五人目の被害者だったってことは気づいてるんじゃないかな。……それで、その五人目なんだけど」

まだ晶には話していないことがあった。俺はスマホの画像フォルダを開いて、一枚の写真を表示させる。澤部の家で見せてもらった、伊川鈴花の写真だ。写真のカラーコピーをスマホのカメラで撮ったものだが、顔や雰囲気はわかるはずだ。

画面を晶のほうに向けて、スマホをテーブルの上に置いた。

「こっちもこっそり撮らせてもらったんだ。これが、伊川鈴花」

晶は画面を覗き込み、眉根を寄せる。

「これ……」

「ちょっと、誰かに似てない？」

「……似てるな」

髪型や、服装のテイスト、全体的な雰囲気が、彩にそっくりなのだ。

俺も一目見てそう思ったが、何度も彼女と会っている晶も同意見のようだ。

「よく見れば、元の顔はそんなに似てないと思うけど、髪とかメイクの感じかな。同じ系統だ」

俺は、「だよね」と言って画像を自分のほうに向ける。自分だけの思い込みでなくてほっとした。

「スタイリスト」を模倣している犯人の住むマンションに、「スタイリスト」の本命の被害者によく似た女性が住んでいる。これは偶然だろうか。

偶然でないとも言い切れないが、犯人が最初から彩を狙って、彼女の近くに住み始めた、と考えることもできる。もしくは、犯人が彩に興味を持っていたところ、どこかで「スタイリスト」事件とその最後の被害者の顔を知り、勝手に運命を感じて犯行に駆り立てられたとか――いずれにしても、彩が次の標的として狙われている可能性は高い。

「この、伊川鈴花だけは、通りすがりの不運な被害者じゃなくて、『スタイリスト』に目をつけられる理由があったのかも。恨まれていたか、横恋慕されていたか……もしくは単純に、好みのタイプだったたか」

二十四年前、警察が調べたはずだ。しかし「スタイリスト」はつかまらなかった。となると、恨んでいたとかストーカーしていたとか、外から見てわかりやすい関係性はなかったのだろう。ただ単に好みのタイプだった、というのが、一番ありそうに思えた。ただそれだけで、彼女は被害者になった。

「今回の事件の犯人が『スタイリスト』じゃなくて、模倣犯だとしても、彼女の……伊川鈴花の顔は知ってると思うか？」

彩によく似た彼女の顔から、俺へと視線を移して、晶が尋ねる。

ここで気休めを言っても仕方がない。俺はもちろん、と答えた。

俺が犯人だとしても、真っ先に調べるだろう。

6

ベランダの手すりごしに、眼下の駐車場を眺めている。

普段、洗濯物を干すときと、鉢植えのミニトマトに水をやるときくらいしかベランダには出ない。犯人に怪しまれるような行動はとるなと涼太に言われていたので、園芸用のじょうろを持って、鉢植えに水をやっているふりをしながら、駐車場の車から、入り口の防犯カメラ、道の向こうにあるゴミ収集場所まで視線を往復させた。ゴミの収集はすでに終わっている。

このマンションの住人に、車で通勤している人間はあまり多くないらしく、駐車スペースは半分以上が埋まっていた。駐車場は登録制で、各駐車スペースの利用者は決まっている。マンションの裏口から一番近いところに停めてあるのは、フリーランスの配送員をしているという松浦のグレーの小型バンだ。隣には、水色の軽自動車が停められている。そのさらに隣の駐車スペースは、今は空いていた。普段は日野のプリウスが停まっている場所だ。

今は日野が出勤中で車はないが、そのスペースはちょうど、ゴミ置き場の鉄扉の真正面に位置している。この三台の車になら、ゴミ置き場から遺体を運び出して積むのに、二十秒もかからないだろう。カメラは駐車場に出入りする車や人間を写すように、駐車場と外の道の間に向いているから、建物側に停めてあるこの三台は、カメラにも写らない。

駐車スペースは、空いている場所を早いもの順に選んだらしいので、たまたま犯行に便利なスペースを利用しているというだけで、そのスペースの利用者が怪しいとはいえない。しかし、実質一人暮らしの男性で車持ち、という条件を満たし、疑わしいと思っていたうちの二人がその場所に車を停めているという事実は無視できなかった。ちなみに、水色の軽自動車は、交流会で隣の席になった女性、幸田の車だ。

この一か月ほどで、急に、マンションの住人たちについて詳しくなった。どの部屋に誰が住んでいてどの車に乗っているかなんて、気にして調べればすぐにわかることだが、これまで調べようと思ったこともなかった。

お互いに詮索せず、踏み込まず、それでいいと思っていた。しかし、危機感がなさすぎたのだろうか。同じ建物に住んでいる人たちのことくらい、もっと知っておくべきだったのか。

さすがに、連続殺人犯が潜んでいることまでは想定外だったにしても。

いや、むしろ——知らないままで、あるいは、知らないふりをしていたほうがよかったのか。こんな風に調べまわったりしないで、不穏な気配に気づいてしまっても、何も気づいていない顔をして、誰とも挨拶だけを交わす関係を続けていれば、相手も自分を気にとめず、危険視されることもない。自分の身の安全を考えれば、それが一番よかったのだろう。

そんなことを思ったところで、もう遅いが。

それに、必ずしも、おとなしくしていれば狙われないという保証もない。羊の群れの中に狼が潜んでいることに気づいたら、気づいた誰かがどうにかしなければ、狩りはいつまでも終わらない。いつその牙が自分や家族へ向くかもわからない。

知ってしまった以上、なるべく自分が狙われないように息を潜めているなんて、性に合わなかった。むしろ攻撃は最大の防御だと思っていたが——狙われているかもしれないのが自分ではなく、知り合いとなると、どう動くのが正解なのか自信がない。

じょうろを持ったまま、手すりに近づく。何気なく外を見ているようなそぶりで、ゴミ置き場から駐車場の車まで、そこから出入り口までの動線を確認する。

犯人はマンション内で池上有希菜を殺害し、遺体を運び出して車に積んだはずだ。

遺体の搬出が深夜なら、ほとんどの住人は寝室にいるだろうから、ゴミ置き場の扉が開いたり、駐車場を車が出入りしたりしても音は聞こえない。リビングにいれば聞こえるかもしれないが、テレビをつけていたり、窓を閉めていたりすれば、おそらく気づかない。彩とコーヒーを飲んでいる最中に加納が車で帰宅したときも、私は車の音には気づかなかった。煙草を吸う習慣でもあったら、深夜、ベランダに出て喫煙中に、遺体を運ぶ犯人を目撃するようなこともあったのかもしれないが、このマンションのベランダで、住人が喫煙しているところを見かけたことはない。

いや、そもそも、夜のうちにすべてを済ませなくても――一晩中、自分の車に死体を積んでおいて平気な顔をしている度胸があれば、朝になってから何食わぬ顔で、たとえば出勤や趣味のために車を出すようなふりをして、誰にも怪しまれずに遺体を運び出すこともできる。何も知らずに、自分も死体の積まれた車の横を通って裏口から出入りしていたかもしれないと思うとぞっとした。

裏口から松浦が出てくるのが見える。仕事に行くのだろう、と思い目を向けてぎょっとした。何故か彩がその横にいて、談笑しながら歩いていた。

二人は松浦のグレーのバンに近づき、松浦がスライド式のドアを開ける。

荷物を積み込むことを想定した車内は、ここから見える限りでも広々としていて、中を覗き込む彩の背中をぽんと叩けば、それだけで簡単に車の中に押し込むことができてしまいそうだ。

まさか自分から乗り込んだりはしないだろうなとはらはらしたが、もちろんそんなことはなく、彩は松浦と二言三言、言葉を交わしてから、建物の中へと戻っていく。

松浦はそのまま車に乗り込み、エンジンをかけたが、彩の姿を目で追っていたように見えた。

グレーのバンが駐車場を出て行ってから、私はスマホを取り出す。

加納は相変わらず忙しく、彩は今日は、というか今日も、家に一人のはずだ。

『昼食べ終わったら、行っていいか』とメッセージを送る。

涼太の長野土産を持っていくからと付け足したら、『いいけど』と素っ気ない返事が届いた。

箱ごと土産にもらったせいでそろそろ飽きてきた黒糖饅頭を茶請けに、彩の淹れてくれた煎茶を飲みながら、軽々しくよく知らない男の車に近づくなよ、と苦言を呈する。

饅頭の包装を剝いていた彩は、「車を見せてもらっていただけよ」と不満げな表情をした。

「次に買い替えるならどんなのがいいかなって考えていたところだったし、ああいう箱型のタイプって中がどうなってるのか興味があったから」

集合ポストに郵便物を取りに来て、出勤前の松浦と一緒になったので、ついでに車を見せてもらったのだという。

殺人犯なら、死体を運搬した車を平気で他人に見せたりはしないか、と思ったが、すぐに、そうとも限らないと思い直す。一見してわかるような痕跡は、当然消しているだろう。見たいと言われて拒否すれば勘繰られると考えて、表面上は快く応じたのかもしれない。車を見たいと言われ断らなかった、というだけで、松浦を容疑者リストからは外せない。

「それに、知らない男じゃないわよ。部屋がお隣だし、割とよく顔を合わせるから、話をすることも結構あるの」

そういえば、松浦の部屋は加納夫婦の部屋の隣だった。さっき、玄関ドアを開け閉めしているらしい音が聞こえていた。

午前中だけの配達だったのか、早い帰宅だ。フリーランスの配送員というのは、思っていた以上に時間の融通がきくらしい。稼働時間の長さはそのまま収入に反映するだろうから、それだけをもって楽な仕事とは言えないだろうが。

「一人暮らしで、不自由することも多いだろうから、たまにおかずを差し入れたりしてるけど、別におかしなところはないし。普通にいい人よ」

「だからそういうところだよ……」

危機感がなさすぎる。

思わず脱力したが、彩は「親切で何が悪いのよ」と口を尖らせている。

「まあさすがに同じマンションの住人は狙わないか……」

「私、刑事の妻だしね」

しかしそれは、「誰でもいいなら同じマンションの住人は避けるだろう」という話だ。最初から本当の目的は彩で、これまでの被害者たちは最後に彼女を殺すための練習、あるいは前座として、「誰でもいいが殺しやすい四人」を選んだだけという可能性もある。だとしたら、彼女が刑事の妻であることも関係ない。狙われるおそれは十分にある。

その事実を思い出し、彩本人にそれを伝えるべきかどうか迷った。

二十四年前の事件で「スタイリスト」に殺された最後の被害者が彼女に似たタイプだったというだけで、彩が狙われるとは限らない。そんなことを伝えても、いたずらに怖がらせるだけだ。

「にしても、気をつけろよ。知ってる顔だからって安全なわけじゃない。二人きりにはならないようにするとか……このマンションに住んでる誰かが犯人なのは間違いないんだから」

湯呑みに口をつけて言う。

彼女が特別危険な状況にあるかもしれない、ということは涼太と私の憶測にすぎないので伏せ、ただ、注意を喚起するにとどめることにした。

彩は湯呑みに両手を添えて頷きはしたものの、まだどこか半信半疑な様子でいる。

「それって本当に間違いないの？　やっぱりちょっと信じられないんだけど。こんな身近に殺人犯が潜んでるなんて、現実味がないっていうか」

「間違いない。この間、パートの夜勤帰りに夜道でついてこられたし」

えっと声をあげ、彩は私を見た。そういえば彩にはこの話はしていなかった。

「顔は見なかったけど、たぶん、前の夜勤の後、ここに入ってくのを見かけたのと同じ奴だったと思う。だから、やっぱり住人なんだよ」

「ちょっと、大丈夫だったの？　ついてきたって」

「あー、つけてきてるのがわかったから、振り向いて相手に向かっていったんだけど、相手が逃げ出して」

「はあ⁉　何やってるのよ、危ないでしょ」

さっきとは逆に叱られる。危機感のなさを彩に指摘されるのは不本意だったが、涼太にも言われたことなので、「もうしないって」とだけ返した。

どんな男だったの、と訊かれ、中肉中背で、黒かそれに近い色のパーカを着て、フードをかぶっていたと説明すると、彩は「もしかして」と考えるそぶりを見せる。

「私も見たことあるかも、その人。黒いフードでしょ。たぶん同じ人だと思う」

今度は私が声をあげた。

「まじか」

「ゴミを出し忘れていて、夜遅くなっちゃったときに、裏口の近くでたまたま見かけたの。私がゴミ置き場から出たら、相手は建物を出て行くところで、普通に挨拶をしたけど……顔を逸らされちゃって」

「じゃあ顔は見てねえんだな？」

「見てないわ。一瞬フードの中が見えたけど、マスクもしてたと思う」

おそらく同じ男だ。私と違って住人たちとの交流が多い彩なら誰かわかるのではないかと思ったのだが、この口ぶりでは、彩も、ぱっと見て誰かはわからなかったようだ。やはり意図的に顔を隠していたせいか。服装も、体形がわかりにくいものを選んでいたのかもしれない。

「体形とかから、こいつかも、って思う奴に心当たりないか？」

うーん、と彩は首をひねる。

「知ってる人なら、挨拶を無視したりはしないと思うけど……」

「理由があって顔を隠したのかもしれない。そういえば似てるかも、くらいでもいいから」

自分も二度相手を見たのに、松浦だとも日野だとも思わなかった。私よりは二人と親しい彩なら、何か気づくことがあったかもしれない。

「一人で住んでて車持ちって条件に照らすと該当するのが、松浦、日野、伊藤あたりなんだけど」

「……どうかしら。松浦さんと日野さんは、割と体格がいいほうよね。そんな感じじゃなかった気がするけど、パーカがゆったりしたデザインだったから、よくわからない。身長は……猫背気味だったから小さく見えたけど、背すじを伸ばせば、だいたい二人と同じくらいだったかも」

私の記憶でも、黒フードの男は松浦や日野よりは痩せていて、身長は同じか、少し低いくらいだったから、同じ男の話をしているらしいことはわかったが、その男が誰かは結局、私も彩もわかっていないということだ。一目見て、松浦だ、日野だ、とは思わなかったが、絶対に違うとも言い切れない。このマンションの住人ではあるのだろうが、二人のうちのどちらでもない、別の誰かという可能性もある。

「伊藤は？　伊藤……えーと、一喜だったかな」

一人暮らしの男性で車持ち、という条件を満たしている、最後の一人だ。私は会ったことがない。同じマンションに住んでいるのだから、どこかで見かけたことくらいはあるとしても、顔と名前が一致していない。容疑者リストに入れてから、一度顔を確認しなければと思っているのだが、その機会はないままだった。

「二階の伊藤さんね？　松浦さんや日野さんと比べると大分小柄な感じの人よ」

たぶんあなたと変わらないくらいね、と言って彩は、小さな口で上品に饅頭を食べる。

「体格がそうなら、力もそんなになさそうか？」

「あなたのほうが強そうね」

それでも、人を殺して車に積むくらいできなくはないだろう。しかし夜道で見かけた黒フードとは体格が違うようだ。夜だったし、こちらも緊張していて、十センチ程度の身長差なら錯覚した可能性も否定はできないから、それだけで容疑者リストから完全に除外することはできないにしろ、体格のいい松浦、日野と比べると、犯行が難しいのは間違いない。私は伊藤の名前を、横並びだったリストの中で一段下に移動させた。

「ねえ、あなたを追いかけてきた黒フードの男、犯人じゃなくてただの痴漢だったってことはない？」

煎茶をすすっていた私に、彩が言う。

「痴漢だったら、わざわざ同じマンションの住人は狙わねえだろ」

「それを言うなら殺人犯だってそうでしょ。すっごく好みの外見だったとか、逆に、マンションで見かけて狙いをつけてたのかもしれないじゃない。黒フードで顔を隠してたのも、見られたらバレちゃうからだったとか……」

言われてみれば、確かにそうだ。

タイミング的に、犯人に違いないと思い込んでしまっていたが、殺人犯と黒フードが別人という可能性も否定できない。

しかしそうすると、このマンションにたまたま殺人犯と痴漢が住んでいたということになり、そんな偶然が起きることはかなり確率が低い気がする。

「けど、ある程度条件を絞らないと調べようもねえからな……実質一人暮らしの男で車持ってんのは今のところ三人で、そこからさらに体格で二人に絞って、まずはそこからだろ。二人のどっちも犯人じゃないってわかったら、その段階で考え直して、条件を広げる」

「実質一人暮らしの車持ちの男性が三人だけとも限らないわよ。住人リストでは家族がいることになってても、今もその記載どおりとは限らないんだから。実は離婚してるとか別居してるとか、子どもが独立して一人暮らしになったけどわざわざ申告はしてないだけ、みたいな人もいるかも」

それもそうだ。日野忠司も既婚者だが、現在は妻が実家に帰っているために一時的に一人暮らしの状態だと、後でわかって容疑者に含めたのだった。

「確かにそうだな。もし松浦、日野が違うってことになったら、車持ちを全員洗い直して

「……」

「車持ちの世帯って、駐車スペースの数よね。八つ？」

「あと、管理人の寺内さんが、カーシェアリングしてるらしいけど」

「さすがに寺内さんに犯行は無理じゃない？　いくつよ、あの人」

カーシェアリングをしている住人は他にもいるかもしれない。どうすればそれがわかるだろう。いや、今からあまり対象を広げても仕方がない。まずは松浦と日野、次点で伊藤を、予定通り調べてからだ。その三人の中に犯人がいる可能性が、一番高いのだ。

しかし、どうやって調べればいいのか。どうにかして、車と家の中を見ることができたとしても、そこに誰かが監禁されているとか、一見してわかるような犯行の証拠が残っていることは期待できない。

いっそ、連夜パートの夜シフトに入って、夜道で襲い掛かってくるのを待ち受けてみるか。

思いつきを口に出したら、

「夜道で逆に追いかけてきた女を、犯人がまた襲ってくるとは思えないけど」

彩にじとりとした目を向けられてしまった。

それもそうだ。あのとき、ついかっとなったのがよくなかった。

しかし、こちらが事件について調べていて、かつ、何かつかんでいる、ということを匂わせれば、相手も無視はできないだろう。多少こちらに苦手意識を持っていたとしてもだ。

わざと二人きりになって、かまをかけてみて、反応を見るか。涼太は反対しそうだが――

たとえば、加納に近くで待機してもらって、スマホでやりとりを流しつつ録音するという方法なら、ある程度安全は確保できるのではないか。かまをかけてみてハズレだった場合は相当気まずいし、何度もとれる方法ではないが、二、三人の容疑者に試してみるくらいならなんとかなる。最終手段としてはアリだ。

本気で段取りを考え始めたとき、視界の端に、何か動くものが見えた。

ダイニングテーブルを挟んで、向き合って座っている彩の後ろ、私から見て正面にあるベランダの窓ガラスの向こうだ。ちらっと、窓のフレームをかすめるように、直線的で妙な動きをしている。

立ち上がった私に、彩も、「何?」と戸惑った声をあげて腰を浮かせた。

「今、何か動いた。ベランダで」

言ったのと同時に、また同じものが、窓の向こうに現れる。今度はしっかり見えた。

スマホだ。

そう気づいた瞬間、それが何故そこにあるのかにも思いが至った。

私は床を蹴ってベランダへと走り、鍵のかかっていなかった窓を開け、左側へ――隣の部屋のベランダへと引っ込もうとしていたそれを引っつかむ。

あっという声が聞こえたが、相手は手を放したらしい。

ぐいっと腕を引いて室内へ引っ張り込んだスマホの先には、自撮り棒がくっついてきた。

それを見て確信する。

「盗撮だ」

「え？」

棒の先にスマホをつけて、隣の部屋から、この部屋の中を撮ろうとしたのだ。

「隣、松浦だな？」

スマホのカメラアプリが開いている。つまり、ロックはかかっていない。

そのままカメラロールを開くと、隠し撮りしたらしい動画や写真が何枚も出てきた。

放っておいてロックがかかってしまう前に、その画面を自分のスマホで撮影し、証拠を確保する。「警察！」と彩に言って、玄関へ向かった。

「ちょっと、どこ行くのよ。まさか乗り込む気？」

「おまえは来るなよ。危ねえから」

「何でよ。あなただって」

「だから警察呼べって。加納でもいいけど」

ちょうど、部屋に乗り込む理由が欲しかったところだ。

廊下に出て、左隣にあるドアを開ける。鍵は開いていた。玄関から、短い廊下の先にあるリビングが見えた。

松浦が、開いた窓の前で呆然と立ち尽くしていた。

幸田佐知子

土曜日の午後だ。

マンションの駐車場に車を停め、後部座席のドアを開けて買い物袋を出した。

建物のすぐ近くの駐車スペースを割り振られたのは幸運だった。出入りが楽で、荷物が多いときには助かる。そのせいで、いつもつい買いすぎてしまうけれど。

「あっ幸田先生だーさよーなら！」

駐車場の前の道から、デニムのスカートをはいた女の子が手を振っている。私が指導員として働いている学童保育に通っている女の子だ。この近くに住んでいるらしい。

「はい、さようなら。気をつけて帰ってね」

荷物を一度座席に戻して手を振り返すと、彼女は「はーい」と元気よく答えて走っていった。

その直後、頭の上で何か音がして、私はマンションを振り返る。

ベランダに出ていたらしい男の姿が、慌ただしく部屋の中へ消えるのが見えた。続いて、勢いよく窓が閉められる。

あそこは誰の部屋だったか。そう、確か、松浦だ。マンション住人の交流会で見かけた、一人暮らしの配送員。

ベランダで何をしていたのかはわからないが、いい印象はない。交流会のときも、若い美人の人妻、加納彩をちらちらと、いやらしい目で見ていたのを覚えていた。

とはいえ、彩のほうもちょっと、八方美人なところがある。自業自得とは言わないが、誰にでも愛想がいいから、ああいう男に目をつけられてしまうのだ。彼女のようなタイプは、それも楽しんでいるのかもしれない。きっと、男の視線を集めることに快感を覚えているのだ。

私も若いころはそうだったからわからないことはないけれど、人妻になったからにはもう少し落ち着いたほうがいい。私も今は、息子のことばかりだ。もちろん近所づきあいは大事にしたいし、仲良くするにこしたことはないけれど、一番大事なものは一つだけで、揺るがない。私にとってはそれが息子の拓真(たくま)だ。息子と二人で平穏に過ごせることが私の幸せで、他には何もいらない。

今月も、元夫からの生活費はきちんと振り込まれていて安心した。離婚するとき、財産分与の一部を分割で、と取り決めた、その約束を、彼はきちんと守り続けてくれている。

年の離れた元夫は、私と別れた後再婚しておらず、拓真の他に子どももはいない。離れて暮らしていても、やはり息子が可愛く、その生活を心配しているのだろう。それはありがたいことだった。おかげで、こうして、住みやすい街のいいマンションに住み、車で買い物をして、拓真に好きなものを食べさせてやれる。

今夜は拓真の好物のハンバーグにする予定だった。野菜嫌いの拓真に、なんとか食べさせるために、たまねぎやにんじんやいんげんを細かく刻んでひき肉に混ぜたハンバーグだ。野菜のスープも、ポタージュなら食べるから、ほうれん草のクリームポタージュを作ろう。

リモコンキーで車のドアにロックをかけ、野菜や牛乳でずっしりと重いエコバッグを提げて、拓真の待つ部屋へと戻る。

拓真は本やゲームなど、室内で遊べるものが好きで、ここ数年は、インターネットにものめり込んでいるようだ。今日もゲームをしているのか、部屋から出てこない。具体的にどんなことをしているのかはよくわからないが、若い層での流行り物なんて、わかろうとしても無理だろう。干渉しすぎないように気をつけている。

買ってきたものを冷蔵庫にしまい、おやつにする？　とドアごしに声をかけたけれど、ゲームの最中なのか、オンラインで誰かと通信でもしているのか、「後でいい」という声が返ってきた。拓真の分は、後で部屋に運んでやることにして、クッキーと紅茶で休憩することにした。

ソファでくつろいでいると、窓の外から、パトカーのサイレンが聞こえてくる。どこかで事故でもあったのだろうか。すぐに遠ざかっていくと思っていたのに、音はどんどん近づいてきて、最大になった瞬間、ぴたりと止まった。思っていた以上に、近くで。

Chapter 4

1

松浦の部屋には、一見してそれとわかるような犯罪の証拠は何もなかった。もちろん、誰かが監禁されているというようなこともない。

没収済のスマホが唯一の証拠といえば証拠だが、カメラロールや画像フォルダをざっと見たところ、隠し撮りされた彩の写真や映像がいくつか見つかっただけで、他の――池上有希菜や土屋萌亜(もあ)たちの――写真は見当たらなかった。

どうやらハズレか、と思ったが、それはそれとして、盗撮は犯罪だ。

松浦は私を見るなり、あっちから誘ってきたんだ、と、痴漢が十人いたらそのうち八人は言いそうな言い訳をした。

「あいつ、刑事の旦那とラブラブだけど」

「でも、俺にも、まんざらでもない感じで……」

「あいつはそういう女なんだよ。ある意味分け隔てないっていうか、誰にでも愛想いいの」

にこにこと挨拶をされたり、手作りのおかずを差し入れられたりしているうちに、勘違いしてしまう男がいたとしても不思議ではないが、だからといって、盗撮していい理由にはならない。同情する気にはならなかった。

「夜道で、私をつけてきたのは何で？」

「え？」

試しに訊いてみたら、何のことかわからない様子でいる。演技には見えない。黒フードは、こいつではないのか。こうして見ると、やはり体格も違う気がする。

「『スタイリスト』のファン？」

さらにかまをかけてみたが、松浦はやはり困惑している様子だった。

わからないならいい、と言って、私は話を終わらせる。

「警察呼んだから」と私が言うと、松浦はあきらめたように肩を落とした。

どさくさに紛れてバスルーム等、他の部屋も覗き、血の跡や誰かを監禁した形跡などがないのは確認したが、これから警察が詳しく調べてくれる。松浦が犯人である可能性は低そうだが、もしそうなら、捜査の過程で何か手がかりが見つかるだろう。

数日後、松浦は、ひっそりと引っ越していった。

彩と加納が、市外へ引っ越すことを示談の条件にしたからだ。

松浦の部屋から、怪しいもの——血痕や被害者の持ち物らしきものなど——は何も出なかったと聞いた。

ちなみに、黒いパーカも発見されなかったそうだ。やはり松浦は、「スタイリスト」や今回の連続殺人とは関係がなかったようだ。

ただの、勘違いをした、盗撮犯だ。

隣に住んでいた男に横恋慕され、盗撮までされていたというのに、彩はさほど動揺していないようだった。「まあそういうこともあるわね」という態度で、ショックを受けている気配もないし、結果的に隣人を失ったことについても特になんとも思っていない様子だ。

見かけよりも肝が太い、というか、図太い。自分が美人なのも、相手に好意を持たれる可能性があるのも理解していて、色々と便宜をはかってもらうためにあえて愛想を振りまき、その結果に関してもある程度仕方のないものとして甘受しているとしか思えない。いつか痛い目を見るぞ、と言いたかったが、今回のことがあっても痛い目を見たのは松浦だけで、彩自身は平気な顔をしているので、あまり効果はなさそうだ。

とにかく、これで、容疑者リストのトップ三人から、一人が消えた。

三人の中では松浦が一番可能性が高いと思っていたのに、と私が呟くと、隣でハンドルを握っていた彩が、「そうなの?」と言った。

ちょっと遠くにある業務用スーパーまで、彩が車を出してくれ、一緒に買い物に行った帰りだった。後部座席とトランクには、買い込んだ食材やらトイレットペーパーやら洗剤やら、かさばるものがぎっしり積み込まれている。まとめ買いや重いものを買うときは通販を利用することもあるが、業務用スーパーだと安いし目新しいしでテンションがあがり、どっさり買い込んでしまった。

途中、エコバッグを提げた幸田が、ランドセルを背負った男の子と並んで舗道を歩いているのを見かけた。彩のことだから「乗っていきませんか」と声をかけるのではないかと思っていたが、気づかなかったのか、親子水入らずを邪魔するまいと気遣ったのか、車はそのまま二人の横を通り過ぎ、ベルファァーレ上中へ到着する。

彩は、ハンドルを回して、バックで駐車スペースに車を停めた。

加納がいるときは加納が運転するそうだが、彩の運転もなかなか様になっている。

「彼を一番疑っていたのはどうして？」

「配送業で力もあるし、車も大きいし、時間も自由になるみたいだし……何かなれなれしいっていうか、親しそうだったしな」

「私と？　それがなんで疑う理由になるのよ」

おまえが「スタイリスト」の好みで、次のターゲットになるかもしれないからだよ、とは言えない。人妻にべたべたする男はそれだけで怪しいだろ、と答えておいた。

「あ。あの人よ、伊藤さん」

エンジンを切った彩が、裏口から出てきた男を見て私の袖を引く。

そちらを見ると、言われてみればどこかで見たかな？　という程度の記憶しかない男が、駐輪場の前を通り過ぎるところだった。

髪は長めで、見るからにインドア、といった感じだが、趣味はドライブで、夜に車を出すこともあるという。これも、彼と交流のある彩から聞いた話だった。

運転席の窓ごしに彩が会釈をすると、彼のほうも小さく会釈を返す。

私と同じくらいの身長だと聞いていたが、見た感じだともう少し小柄に思えた。夜道に現れたあの黒パーカの男と似たようなグレーのパーカを着ていて、そのせいでむしろ体格の違いがはっきりわかる。あの男も決して太ってはいなかったが、伊藤ほど痩せてもいなかった。別人だ。

あれくらい痩せていて小柄でも、刃物で脅したり、相手の不意をついたりすれば、殺すこと自体はできるだろうが、遺体を運んで車に積むのはてこずるかもしれない。

伊藤は、私たちのちょうど向かいの位置に停めてある車のドアを開けた。

それを見て、私は彼を容疑者リストから消去する。

スポーツカーだとは聞いていたが、２シーターの軽自動車だったのだ。車高が低い分トランクも小さく、どう考えても、遺体の運搬には不向きだ。

伊藤に犯行が不可能とまでは言えないが、今回の連続殺人犯は、計画的に犯行を行っている。「スタイリスト」を模倣して連続殺人を企てるなら、もう少し犯行に適した車を用意するだろう。

「何か違うっぽいな」と呟いた私に、彩は、「そうね」と同意した。

「あの人よりは、まだ、松浦さんとか日野さんのほうが納得できるわね。実は殺人犯だったって言われたとき」

「あの二人に何か、怪しいとか気持ち悪いとか、感じたことあるのか？」

「全然。単純に、伊藤さんだと体力的に無理だろうって思っただけよ。でも、人は見かけによらないものだと思ってるから。事件が起きると、まさかあの人がって皆言うでしょ」

車を降りて、後部座席から荷物を運び出す。この量だと、一回で運びきるのは難しそうだ。まず、エレベーター前まで全部の荷物を分けて運んで、そこからは多少無理をしてそれぞれの荷物を各部屋へ……ということになった。

「あ、日野さんといえば、奥さんが帰ってくるらしいわよ。来週。今朝挨拶したとき、嬉しそうにしてたわ」

「へえ……」

そういえば、日野の妻は親の介護のために一時的に実家に戻っている、という話だった。それは建て前で、実際には不仲で別居しているとか離婚したとか、そういうことかもしれないと邪推していたのだが、考えすぎだったらしい。

「これまでも、ごはんとか掃除のお世話をしに、ちょくちょく帰ってきてはいたんですって。今年の春、私たちが越してきたときはもう別居中だったから、私はお会いしたことがないの。ご挨拶に行かなきゃ」

ベルファーレ上中の理事長として、ということらしい。マメだ。しかし、挨拶と称して様子うかがいに行くというのはいいアイディアだ。妻と話して、日野に犯行が可能だったかを聞き出したいし、ついでに日野宅の中の様子も見られるものなら見たい。

自分も理事会の手伝いをしているということにして、そのときついていっていいかと彩に訊いたら、いいけど、言うからには本当に手伝ってよ、と約束させられてしまった。

2

「……つうわけで、日野は、どうやらシロっぽい」

いつもの今立家のダイニングで、今度は優哉の出張土産のカステラを一緒に食べながら、晶の報告を受ける。

日野も、と言うべきか。松浦と伊藤も、すでにリストからは消えている。

晶は、ついさっき、新理事長として挨拶に行く彩に同行して、日野とその妻に会ってきたばかりだ。

交流会で席が向かいだったので、日野は晶のことを覚えていて、そう気まずい思いもしないで済んだらしい。日野は、妻と再び一緒に暮らせるようになったことを、純粋に喜んでいる様子だったという。

日野の妻は、高齢の父親の介護をしていた、同じく高齢の母親が体調を崩してしまったということで、手伝いのために実家に帰っていたのだが、いい介護つき高齢者用マンションが見つかったので、両親ともにそこに入居することになり、自宅での介護は不要となったのだそうだ。うちも、父親が高齢で、母はまだ介護が必要になるような年齢ではないが、いずれ二人とも身体の自由がきかなくなったときのためにと、早々に実家を売り払って同じようなマンションに入居している。晶がその話をすると、親近感を持ってもらえたのか、日野とも、初対面の彼の妻とも話が弾み、色々と話してくれた。

日野の妻が実家に戻っていたのは、ちょうど一年ほど。去年の九月からだから、今回の連続殺人事件の最初の被害者、上田結歌の遺体が発見されたころだ。この事件では、遺体の発見は九月だが、殺害自体は八月半ばから下旬ころと目されている。ということは、最初の被害者が出たとき、日野は妻と同居していたのだ。この時点で、彼は「事件発生時、一人暮らしだった」という容疑者の要件を満たさなくなる。

「別居中も、割と頻繁にマンションに帰って、掃除したり、洗濯したり、食事の支度をしたりしてたんだってさ。日野さんは何年も前から腰が悪くて、それが心配で」

「腰が……ってことは」

「一人で死体を運ぶのは辛そうだな」

腰が悪いといっても程度があるだろうし、それだけで容疑者から除外することはできないが、一件目の事件が起きたとき、日野は妻と同居していた。その後も、妻がちょくちょく帰っていたのなら、日野は実質一人暮らしだった、ともいえない。いつ妻が帰ってくるかわからない状況で、女性を部屋に監禁したり、証拠を始末したり、夜中に遺体を棄てにいったりと、リスクの高い行為をするとは考えにくい。

「確かに、シロっぽいね」

松浦は逮捕され、殺人事件とは無関係の盗撮犯だったとはっきりしているし、もう一人の「独身・車持ち」住人の伊藤も、体格や車種から、犯人ではなさそうだと晶から報告を受けたばかりだ。

となると、容疑者がいなくなってしまう。

報告を終えた晶が「あー」と声をあげて頭を掻いた。俺もうーん、と首をひねる。

「住人の中に犯人がいるって前提から間違ってたってことか？　ここに来てこれかよ」

「前提が間違ってる……ってことはないと思うけど、ちょっと要件を限定しすぎたのかなあ。車持ちに絞らないで、一人暮らしの男性全員に対象を広げる？　もしくは、一人暮らしに限らず、車を持っている男性を容疑者とするとか」

「車は要るよな。運転できる、車がある、って要件は外せないとして……」

駐車場にスペースは持っていなくても、カーシェアリングを利用しているとか、近くの駐車場に停めているような場合も考慮したほうがいいのかもしれない。しかしその場合、遺体を敷地外にある車まで運ばなければならないことを考えると、やはり若干リスクが高い気がする。

「一人暮らしかどうかについては、いっそ考えないことにするとか？　個人的にはあんまりイメージできねえけど」

家族が協力しているか、黙認しているパターンもある、と以前晶には話したが、彼女はそれが信じられないらしい。もちろん、連続殺人を犯すサイコパスの家族が、同じようにサイコパスだとは限らない。一般的な倫理観のある人間なら、身内の殺人を黙認、は程度によるにしても、協力するなんて理解できない、と思う気持ちはわかる。

「さすがに、同居してて、家族が気づかないってことはないよな？　被害者も一人や二人じゃないんだから、どこかの時点で、怪しむくらいはするだろ」

「いや、部屋には被害者を連れ込まず、怪しまれるようなものも持ち帰らず、全部外で済ませているなら、家族は本当に気づいていないかも。外出が多いなとか、疲れてるみたいだなくらいのことは気づくだろうけど、まさか自分の身内が連続殺人犯だとは思わないから、事件とは結びつけないのが普通だよ」

土屋のことも、車で連れ去ったとか、ゴミ置き場で襲ってから運び出したとかなら、車さえあれば、同居家族には知られずに犯行は可能だ。同じようにして、池上有希菜の殺害も。それでも、犯人の心理的に、家族と同居しているのに、一年ちょっとという短期間にこうも立て続けに犯行を行えるものかは疑問だし、これだけ事件が続けば、家族のほうも、全く何も気づかない、怪しまないということがありえるのか、それについては俺も首をひねりたくなってしまう。しかし、世の中には色々な人間がいる。自分たちを基準に考えていては、可能性を見落としかねない。

「殺人だとは思ってなくても、何か変だと感じたら、追及するもんじゃないかと思うけどな」

晶が、二つめのカステラから紙を剝がしながら言った。やはり納得いかないといった様子だ。紙についたざらめが、皿の上に落ちる。

「姉貴だったらどうする？　俺とか優哉くんが悪いことしてるのに気づいたら」

「確認したうえではっ倒す」

「殺人だったら?」

「はっ倒したうえで警察に連れてく」

「すがすがしい……」

彼女らしくて笑ってしまった。しかし、それができない人間もいる。

「でもさ、何か変だと思っても、確かめるのが怖くて、見ないふりしたり、それ以上踏み込まないようにしたり……俺はその気持ちもわかる気がするけどな」

知っているつもりで、本当は何も知らない。

隣人だけでなく、友人も、家族も同じかもしれない。知っているはず、と自分では思っている分、親しい間柄のほうがむしろ、厄介かもしれない。

一番近くにいる相手だからこそ、知らない顔を見てしまったとき、それが望む姿ではなかったとき、それ以上は知りたくないと目を逸らしてしまう——見なかったことにしてしまう。

経験したわけではないが、俺にも想像することはできた。

晶は素直に、そうだな、と応じる。

「結局、家族が同居してても犯人にはなり得るってことだよな。なら、容疑者の条件は、男で、車がある、ってだけか」

マンションに住んでいる十六世帯の中で、の話なので、容疑者の枠を広げても多すぎるというほどではないが、絞り込めたと思った矢先に、急に対象を広めることになってしまった。

晶は椅子の背もたれに全身を預け、顔を仰向かせて天井を見ている。

「どこから手をつけるかな。とりあえず最上階の端の部屋から順番に調べていくしかないか……」

「俺はもうちょっと『スタイリスト』事件について調べてみるつもりだけど、それは今回の犯人の特定には直結しなそうだからね……」

申し訳ないが、晶に頑張ってもらうしかない。

「結局、あの黒フードが怪しいよな。誰だったかもまだわかってないけど」

「そうだね。漠然と怪しい人間がいないか捜すより、明確な目的があったほうがいいから、やっぱり黒フードの男を捜すことになるかな」

車を持っている世帯に男が住んでいて、体格的に、黒フードの男に該当するかどうか。それなら、すべきことがはっきりして動きやすい。

現在、駐車スペースを利用しているのは七世帯（松浦が転居して、スペースが一つ空いた）だったが、マンションの外に車を置いている住人がいるかもしれないので、そこは彩にも協力してもらって、聞き込みで調べるしかなかった。

「そういえば彩も、結構前に敷地内で見かけたことあるって言っててさ。そんときは何とも思わずに、普通に笑顔で挨拶したらしいけど」

「黒フードの男？　そんな見るからに怪しい相手に声かけたんだ」

「あいつはとりあえず誰にでも笑顔なんだよ。好感度が命だからな」

犯人が最初から彼女を狙って引っ越してきたのでなければ、そのときに目をつけられたのかもしれない。そうでなくても、いくらでも、犯人が彩に目をとめる機会はあったというわけだ。

「彩さんて、意外と警戒心が薄いっていうか……ちょっと危なっかしいところがあるよね」

「だろ？　あんな全方位に愛想振りまいてりゃ、勘違いする奴も出てくるよ。そのくせ一人で隣の部屋におすそわけとか言って料理持っていったり、危機感が足りねえんだよな」

「いやそれは姉貴も人のこと言えないからね？」

殺人犯かもしれないとわかっていて、夜道で自分をつけてくる男に向かっていっておいて、人の危機感のなさをどうこう言える立場ではないだろう。

俺の指摘はごくまっとうなもののはずだが、晶は反省するどころか、「しつこいな」というような目で俺を見て、むしゃむしゃカステラを食べている。これ以上言っても無駄だと察し、俺は口を閉じて、ほうじ茶のおかわりを注いでやった。

部外者の俺では警戒されてしまうだろうから、住人たちに当たって調べてもらうのは、晶と彩に任せるしかない。

明らかに「スタイリスト」の好みのタイプである彩を、容疑者と接触させることは避けたほうがいいだろうか——とも考えたが、俺はその考えを打ち消した。消極的な態度は、彼女を犯行から遠ざけることにはならない。もうそんな段階ではない。

彩はベルファーレの理事長で、社交的で、すすんで住人たちと交流を持っていた。黒フードの男のことも見かけて、彼女から声をかけたほどだ。

黒フードの男は、調査を始めた晶にすら気づいて、夜道でつけてきて脅かそうとしたのだ。このマンション内に犯人がいて、「スタイリスト」の犯行をなぞっているのなら、彩のことはとっくに認識しているはずだった。

3

駐車場の利用登録をしている七世帯から、一人暮らしの女性と幸田、加納家、体格や家庭環境が犯人像と重ならない伊藤と日野を除いて、残りは二世帯。上の階から順番に調べて、各世帯の住人男性の写真を、彩と手分けして隠し撮りした。一目見て違うとわかる体格でも、とりあえず写真には撮ってみたが、二人で確認するまでもなく、黒フードの男と似た体形の若い男はその中にいなかった。太っているか、背が低いか、うんと高いかだ。しかもその中の一人は、管理人の寺内と同じくらい高齢だった。

昼食後、彩の家のダイニングテーブルについて、お互いにスマホで撮った写真を見せあって、私と彩は、同じ結論に達する。

容疑者を絞るどころか、該当者ゼロという結果になってしまった。

「住人の中に該当者がいないとなると……私たちが見た男は、外部の人間ってことか？　住人を訪ねてきた客だったとか」

その場合、深夜にマンションにいたということを考えると、男と住人とはかなり近しい関係のはずだ。真っ先に浮かぶのは恋人だった。私がそれを口に出すと、

「女性の一人暮らしってことになってる世帯に、実は恋人が同居してるっていうこともありえるわね。幸田さんも、シングルマザーだけど、恋人がいるかもしれないし」

彩が指摘する。

「男性はいないはずの部屋に男物の洗濯物が干してあるのを見たとか、誰かがそういう噂話をしているのを聞いたことがあるわ。話しているのが聞こえただけで、私が直接聞いたわけじゃないから、誰の部屋だったとか、誰が言っていたとか、わからないんだけど」

「そうなのか」

そもそも他の住人たちがそういう噂話をするという時点で、独身女性の部屋のことだろう。私が身を乗り出すようにすると、彩は、

「男物の洗濯物を干すのは、女性が自衛のためにやっているだけ、って可能性もあるから、何かの根拠になるとは言えないけどね」

と付け足した。

それもまた、そのとおりだ。女性の一人暮らしだとわからないよう、わざと男物の洗濯物を干して同居人の存在を偽装するというのは、珍しくない。

私は椅子に座り直し、彩が淹れてくれたコーヒーのカップを手にとった。

手ぶらで来るのも悪いかと、今日は自分のおやつ用にストックしてあったチョコレートバ

ーを持ってきた。彩は最初「甘そう」と顔をしかめていたが、ぽきりと割って口に運び、「意外といけるわね。コーヒーに合う」などと言っている。

私はチョコレートバーを割って食べる人間を初めて見たが、本人の自由なので感想を言うのは控え、自分の分のバーの包装を半分破ってかじった。

「二人とも、黒フードの男がどこかの部屋に入るところまで見たわけじゃないから……勝手に出入りしてただけの部外者ってこともありえるんだよな。住人のふりして、被害者を誘い込んで、ゴミ置き場とかで殺して……」

「車が駐車場にないと、遺体を運ぶ時点で目立ちすぎるんじゃない？」

「マンションの外のどこかに停めておいて、遺体はスーツケースなんかに入れて運べば……まあでも、防犯カメラには写るよな」

「カメラの映像が上書きされるまで犯行が発覚しないって自信があれば、写るのを覚悟で実行するっていうのもない話じゃないかもしれないけど、ちょっと考えにくいかしらね」

可能性の話をするなら、深夜、車を駐車場に乗り入れて、一時的にどこかに停めておき、犯行後に遺体を積んで去る……ということも可能ではある。しかし、そんな不自然なことをすれば、目立ちすぎる。たまたまその時間に住人がマンションに出入りしたり、窓から駐車場を見たりしたら、不審に思われて通報されかねないし、そうでなくとも、間違いなく目撃者の記憶には残る。リスクが大きすぎる。

彩の言ったとおり、ない話ではないが、考えにくかった。

それらすべてについて、「リスクを承知でそういうことをする犯人だった」という可能性はあるが、それをありにしてしまうと、犯人はこのマンションと全く無関係な人間でもいいことになってしまい、考える足場が揺らぐ。現実にはそうだったのかもしれないが、今は、このマンションで犯行が行われ、犯人はここを拠点として動いていることを前提として――除外された男性たちの他に怪しい人物は、と考えた。

「あ、このマンション、空き部屋があるだろ。そこに勝手に住みついてる奴が犯人ってのはどうだ。住人リストには載っていない、影の住人」

「色んなこと考えるわね」

彩は呆れた表情だが、そこまで悪い考えでもないような気がした。

空き部屋に、誰にも気づかれずに犯人が住みついているというのはさすがに奇抜すぎるかもしれないが、たとえばすぐ近くに住んでいて、犯行に空き部屋を利用しているとか、それくらいなら、ないとは言い切れないのではないか。

彩の反応はいまいちだが、涼太は食いついてくれる気がする。差し当たって、空き部屋の状況を調べる、という新たなミッションが発生したことに張り切りそうだ。

「部屋の中を調べてみたら、誰かが使った形跡があるかどうかはすぐわかりそうだよな。鍵がかかってるだろうから、簡単には忍び込めないだろうけど」

どうにかして合い鍵を作ってしまえば、何度でも使える。

私や彩が黒フードの男を目撃したのは犯行が行われた日ではないが、犯行の痕跡を消しために犯人が訪れたところだったとすれば、矛盾はしない。

「そうね。後でそれとなく寺内さんに訊いておいてあげるわ」

「殺害場所があっても、マンションの中から敷地の外の車まで遺体を運ばなきゃいけない、ってハードルはあるけどな……」

彩に肯定的な態度をとられると、むしろ頭が冷えた。

車のことを考えても、ピースがぴたりとはまるような感覚はない。そもそも、ただマンション内で殺すだけならゴミ置き場でいいわけだから、空き部屋を使う意味はあまりないような気もしてきた。

思えば、土屋が失踪して、もう一か月だ。彼女は、池上有希菜の遺体が発見されて一週間ほどで姿を消した。

最初の被害者、上田結歌が都内の心霊スポットで発見されたのが去年の九月頭、二人目の堂本実月が千葉の路地裏で発見されたのが今年の三月半ばで、池上有希菜の遺体が神奈川県の山中で発見されたのは十月の頭だから、だいたい半年ごとに遺体が見つかっていることになる。

「スタイリスト」は二年間で五人を殺害し、その犯行は三か月から半年程度の間を空けて行われた。今回の犯人がそれに倣っているのなら、土屋を襲ったのはやはり計算外の事態だったのだろう。涼太も言っていたように、今回の犯人は、「スタイリスト」ほど計画的には、犯行を進められなかったのだ。土屋がすでに殺されているとしたら、遺体が見つかるのは来年の春ごろかもしれない。

次の被害者が出るまでは、そこからさらに半年、猶予があると考えていいのだろうか。

安心はできない。

土屋は、本来のターゲットではなかっただろうし、三人目の池上有希菜の遺体が発見されてからひと月も経っていなかったのに、失踪した。土屋が池上有希菜を見てしまったから、犯人は予定を変更して、口封じのために彼女を襲わざるを得なかったのだ。

そのときと同じように、不測の事態が生じれば、犯人がイレギュラーな動きをすることは十分に考えられる。

松浦のことで、別の部屋とはいえマンションに警察が踏み込む事態となったのは、犯人も――仮に正式な住人でないとしても、出入りをしているのなら――気づいているはずだ。警戒して、しばらくおとなしくしていようと考えてくれたならいいが、邪魔が入らないうちに本命を殺してしまおう、と考えないとも限らない。

「スタイリスト」なら、決して本命を殺すことをあきらめないだろう。

模倣犯も、「スタイリスト」を模倣する以上、たとえ逮捕されるリスクを冒しても、五人目の殺害を断念することはないはずだ。

今回の模倣犯が狙っている本命が彩かもしれないというのは、私や涼太が勝手に思っているだけで、確かな根拠があるわけではない。そもそも、前提としている、「『スタイリスト』の目的が、五人目の被害者を殺すことにあり、他のすべての殺人はそのための練習、前座のようなものだった」という仮説も、涼太の推理にすぎない。

しかし、伝えておいたほうがいいような気がした。いたずらに怖がらせるだけではないかとも思いしばらく迷ったが、知っているのといないのとでは、心構えが違うはずだ。

「……あのさ、涼太が調べてきたんだけど」

私は、二十四年前の「スタイリスト」の事件について、涼太から聞いた内容をかいつまんで彩に話した。

最後の被害者となった女性、伊川鈴花が、おそらくは、「スタイリスト」の本当の目的だったのではないかという、涼太の推理も。

「その五人目の被害者がさ、彩に似てるんだよ。顔っていうか、全体的な雰囲気が。同じタイプっていうか」

こんなことを聞かされれば、いい気はしないのはわかっているから、できる限りゆっくり丁寧に説明する。冗談でも考えすぎでもないことを示すため、スマホを取り出し、涼太から送ってもらった伊川鈴花の古い写真の画像を見せた。

彩は、ピンときていないだけかもしれないが、怒ったり困惑したりするそぶりは見せず、思っていたよりは真面目な表情で話を聞いた。伊川鈴花の写真を見て、「似ているかしら」と呟く。

「きれいな人ね。……まだ若いのに」

気を悪くした様子はないのでほっとした。

「怖がらせるつもりはないけど、用心するにこしたことはないから」

　私がスマホをしまい、そう締めくくると、彩は「気をつけるわ」と頷いた。あまり深刻に受け止めているようには見えないが、伝えないよりましだろう。

　彩が立ち上がり、飲み終わった自分のカップを流しに運ぶ。そろそろ帰れ、のサインだろう。はっきりしていていい。私も立ち上がった。話しておかなければいけないことは話せたし、私は私で、優哉のスーツをクリーニングに出しに行かなければならない。

「この後、何か用事？」

「今日は理事会関係の打ち合わせがあるから、この後寺内さんと会うのよ」

　そういえばさっき、後で訊いておく、と言っていたか。

「二人で？」

「そうだけど？」

「今の話聞いてたか？」

　マンションの住人の中に犯人がいると言っているのに、平然と男と密室で二人きりになろうとしている彼女に、呆れて言った。

　彩は私からコーヒーカップを受け取り、「聞いてたわよ」と返す。

「でも、寺内さんよ？　万が一があったって逃げられるわよ」

　彼は足の不自由な七十代だ。どちらかというと痩せ型で、力が強そうには見えないし、車も、マンションの駐車場にはない。容疑者リストには入っていない。とはいえ、絶対に安心とも言い切れない。平日の午後は、マンション内に人が少なく、一階の端にある管理人室で大声を出したとしても、他の住人たちには届かない。

「実は足が不自由なふりをしてるだけかもしれないだろ」

「何のためによ」

「欺くためだよ」

「誰を？」

「……標的を？」

「私が引っ越してきて最初に挨拶に行ったときからそうだったわよ。会った瞬間に目をつけたってわけ？」

私の知る限り、寺内は、彩が引っ越してくる前から足を引きずっていた。

「……さすがにないか」

「ないわよ」

今度は、私のほうが呆れた顔をされてしまった。

私はテーブルの上で丸められているチョコレートバーの包みを壁際のゴミ箱に放り込み、玄関へと向かう。

リビングを出る前に振り向いて、洗い物のために袖をまくっている彩に釘を刺した。

「でも、念のために、すぐ通話できる状態にしとくとか、警戒はしとけよ。何かあったら呼べ」

「あなたこそ、聞き込みとか、一人で突っ走らないでよ。誰かと二人きりで会うようなときは、弟さんとかにあらかじめ言っておくこと」

どうもこいつは危機管理意識が低くて危なっかしい、と思っているのはお互い様らしい。


クリーニング店に優哉のスーツを預け、身軽になって帰ると、マンションの裏口で幸田に会った。

ちょうど買い物から帰ってきたところらしく、両方の手に荷物を提げ、腕にもエコバッグをかけている。エレベーターを待ちながらふうふう言っているので、

「お手伝いしましょうか」

声をかけると、彼女は「まあ、ありがとう」と笑顔になった。

「ご親切ね。車で行くとつい買いすぎちゃって、降りた後で困るのよね」

エコバッグの一つと、洋菓子が入っているらしい紙箱を受け取る。どちらも大した重さではなかった。しかし洋菓子の箱は、揺らしたり傾けたりしないようにと気を遣う。私のその様子に気がついたのか、幸田は、「シュークリームだから、ちょっとくらいぶつけたりしても平気よ」と言った。

「急に食べたくなって買ったのだけど、一箱に四つ入りのしかなかったの。うちは息子と二人だし……よかったら、ご一緒にお茶でもいかが？」

幸田とは、交流会で話したきりだった。自宅に招かれるほど親しくなったとは思っていなかったので少し意外な申し出だったが、思えば、交流会でも距離の近い人だと感じた。彼女にとっては、これくらいは普通のことなのだろう。

いつもこの調子で他の住人にも接しているのなら、あれからまた何か、新しい情報を得ているかもしれない。たとえば、誰が恋人と住んでいるとか、男性は住んでいないはずなのに、男物の洗濯物を干していたというのがどの部屋の話かとか、そういう話題には強そうだった。

交流会では聞き出せなかった、新しい情報を得られるチャンスだ。私は彩を見習って笑みを浮かべ、「喜んで」と答えた。

相手は一人暮らしでも、男性でもないので、さすがに不要だろうと思ったが、彩にあれだけ言った手前、一応涼太に『301号室の幸田さんに話を聞く』とメッセージを送り、居場所だけ伝えておく。

幸田と一緒に三階でエレベーターを降りた。彼女はスカートのポケットから鍵を出して玄関のドアを開け、先にあがって、私のために客用スリッパをそろえてくれた。

「どうぞ、散らかってますけど」

うちと同じ、2LDKの間取りだ。

私の位置から見えるのは玄関と短い廊下と、つきあたりにあるリビングくらいだったが、少しも散らかってなどいないのは見てわかる。

私など、どうせすぐまた出かけるのだからと、靴を何足も玄関に出しっぱなしにしていることが多いのだが、幸田宅はそんなことはなく、すっきりと片付いていた。

靴箱の上には、リボンフラワーのアレンジメントが飾られている。廊下の壁に埋め込み式になっている飾り棚に、うちでは鍵を置いているが、幸田宅では陶器の人形や、小さな写真立て、貝殻やシーグラスや、アクセサリーのようなものが入ったガラスの小皿など、こまごましたものが並べてある。掃除が大変そうだ。

案内されたリビングも、私が優哉と暮らしている部屋と同じ造りのはずなのに、かなり印象が違った。

チェストの上には、それぞれ異なるデザインの写真立てに入れられた、小学生の息子と幸田が二人で写った写真が何枚も飾ってある。学校行事の際の写真が多いようだ。一目で子どもが作ったとわかる紙粘土のペン立てが、その間に置いてあり、色あせた造花のカーネーションが挿してあるのが微笑ましい。ソファに座って、子どものいる家はこんな感じなのか、と思いながら室内を眺めていたら、幸田が紅茶とシュークリームを運んできてくれた。

「私のおやつにつきあっていただいちゃって、ごめんなさいね」

「いえ、とんでもない」

お客様は久しぶりで嬉しいわ、と笑って、幸田はソファセットの、私と直角の位置に腰を下ろす。

「マンションだと、すぐ隣に住んでいても、意外と、こういう機会はあまりなくて。今立さんは、他のご近所さんとはおつきあいがある?」

「六階の加納夫婦とは……でもそれは、もともと知り合いだったので。それを除けば、この間の交流会まで、ほとんど誰ともちゃんと話をしたこともありませんでした」

「そうよねえ」

ちょっとさびしいけど、そんなものよね、と言って幸田は紅茶のカップをとり、どうぞ、と私にも促す。

私は「いただきます」と言って、薔薇の模様のカップに口をつけた。

「幸田さんは、社交的で、皆さんと交流されているような印象がありますけど」

「そうでもないのよ。この間、交流会には出たけど、そのときだけで……特別仲良くなって、個人的に会ってお茶したり、っていうことはないかな。もちろん、顔を合わせれば挨拶や、世間話くらいはするけど」

でもそれが普通なのねきっと、と彼女は少し残念そうに言う。

「会えば挨拶して、地域の情報を共有して、でも、プライベートには踏み込まないくらいが、ちょうどいいのかも。隣人として、適切な距離感っていうか」

そうだろうと思う。私も、隣人にはそれくらいのスタンスでいてほしいし、自分でもそうしてきたつもりだ。それくらいが居心地がよかった。

しかし、皆がそういう姿勢でいたせいで、すぐ近くにある危険に、誰も気づかなかったのだ。自分たちの住むマンションの敷地内で犯行が行われたらしいことにも、その犯人が今もマンションのどこかに潜んでいるかもしれないことにも。

私は基本的には幸田に同調しつつ、それとなく話題を他の住人たちの動向へと誘導した。導入は、「交流会でお話しした日野さん、奥さんがご実家から帰ってこられたみたいですね」だ。幸田がこのマンションへ入居したのと、日野の妻が実家へ戻ったのが同時期だったので、幸田は彼女に会ったことがないという。日野夫婦の話題から、自然と、マンション内での出来事について話す流れになったのはよかった。

最近のホットなニュースだから、当然、加納家に警察が来たことも話題にのぼる。相手の舌を滑らかにするためには、こちらからもおもしろい話を提供しなければならない。盗撮の被害に遭いかけたらしいですよ、と話して盛り上がり、その流れで、一人暮らしの女性はもっと不安だろう、そういえばこのマンションにもいるって聞きました……と一人暮らしの女性の話題に持っていったが、幸田はその女性のことは知らなかった。男性は住んでいないはずの部屋のベランダに男物の洗濯物が干してあるのを見たという噂話をしていた、というのは幸田ではなかったようだ。

松浦が急に退居した理由についても訊かれたが、私は詳しく知らないということにしておいた。逮捕された盗撮犯が松浦だったことは、いずれ幸田の耳にも入るかもしれないが、私が言いふらすようなことでもない。

ポケットに入れたスマホが震えた。着信ではなく、メッセージが届いたことを示す短い振動だ。

ここへ来て三十分ほどが経過しているが、幸田から、有用な新情報は得られていない。

トイレにも行きたくなってきた。そろそろ引き揚げるか、と思ったとき、

「紅茶をもう一杯いかが?」

狙ったようなタイミングで言われてしまった。

「いえ、もう……シュークリーム、ごちそうさまでした」

「そう言わずに飲んでいって、ね、もう少しだけ。季節限定のおいしいのがあるのに、忘れていたの」

ほとんど懇願するように言われて、無下にもできない。

「じゃあお言葉に甘えて」と答えるしかなかった。幸田がおすすめの季節限定紅茶を淹れてくれている間に、トイレを貸してもらうことにする。

間取りが同じだからわかるのに、幸田はわざわざ廊下に出て、「そこの白いドアよ」と教えてくれた。

トイレの中でスマホを見ると、涼太から、『了解』のスタンプの下に、『問題なさそう?』とメッセージが届いていた。

涼太は、幸田さんが女性だということを把握していただろうか。心配させているかもしれない。『収穫なさそう』『引きとめられてる』と打ち込んで送った。

用を済ませ、手を洗って廊下に出た。

玄関からリビングへと続く廊下にある、二つの扉は固く閉じられている。一つは子ども部屋だろう。平日の午後、小学生はまだ学校に行っている時間だ。

その玄関に近いほうのドアの向かいにある壁の飾り棚に何気なく近づいて、飾ってある写真を見た。古い写真だ。生まれたばかりの子どもを抱いた、若いころの幸田が写っている。

その横に置かれたガラスの小皿には、子どもが拾ってきたのだろうか、貝殻やシーグラスや、つるりとした小石が無造作に入れられていた。

そこに、おかしなものを見つけた。一瞬、それも変わった形の小石か、貝か何かかと思った。

それは、小指の先ほどの大きさの食品サンプルだった。二つある。小さなフック型の金具も見えた。

ピアスだ、と気づく。

餃子の形の。


「今立さん?」

半開きになっていたリビングのガラスのドアから、幸田が顔を出す。

跳び上がりそうになるのを、気合で押しとどめた。

気づかれてはいけない。

動揺を隠して振り返る。

汗が噴き出して背中が冷え、心臓が、どっどっどっと速度を上げて打っていた。

「今立さん? どうぞ、用意ができましたよ」

「あ、……はい」

いえ、もう、帰ります。そう言いたかったし、言おうとしたが、とっさの判断でやめる。ここで帰ると言えば、変に思われる。

混乱していたが、怪しまれてはいけないと、それだけはわかった。

「夫が心配しているようなので、大丈夫だって連絡だけしておきます」

「あら、お引きとめしたからね。そうして」

リビングのソファに戻り、スマホで涼太に、『つちやさんのピアスあった』『301号室にいる』『バレてない。たぶん』とメッセージを送る。

すぐに既読がついて、ほっとした。幸田に画面を覗かれでもしたら万事休すなので、スマホはポケットにしまう。

「ご主人、今日はおうちにいらっしゃるの？」

「はい、たまたま休みで。でも、幸田さんにお茶をごちそうになっていると今送ったので、大丈夫です」

嘘だが、家族が同じ建物内にいて、私がここにいることも知っている、と相手に思わせることに意味がある。幸田が今私をどうこうするつもりだったとしても、あきらめるかもしれない。

幸田が犯人なのか？　だとしたら、私をお茶に招いたのは、私がどこまで知っているか、探りを入れるためなのか。それとも、ただ、同じマンションの住人として、荷物を運んだお礼をと思っただけなのか。

突然襲い掛かられたとしても、私のほうが強いだろう。油断さえしなければ、負けることはないはずだ。私はさりげなく座る位置をずらし、ソファに浅く腰かけた状態になった。何かあったとき、すぐに立ち上がれる体勢だ。

「紅茶、どうぞ。ちょっとスパイシーだから、お口に合うといいけど」

「はい、いただきます」

促されるまま笑顔でカップを手にとり、香りをかぐふりをした。

紅茶に毒が入っている、という可能性は低い。「スタイリスト」の手口に毒殺はなかった。睡眠薬など、相手を無力化するような薬物が入っていないとは言い切れないが、優哉にここにいると連絡をしたと言ってあるから、その可能性は低いはずだ。

幸田が自分のカップをとって飲み始めたのを確認して、私も口をつけた。

シナモンの香りが強い。嫌いな味ではなかったが、少し癖がある。それを理由に、おかわりは断って、なるべく早く退散しよう。

とにかく、怪しまれないように。落ち着いて。

私が飾り棚を見たこと、そこにあったものに気づいていることを、彼女に悟られてはいけない。

何事もなかったふりでたわいもない話をしようと思うのに、何も考えつかない。

目を閉じて、紅茶の香りを楽しんでいるふりで深呼吸をした。

あれは土屋のピアスだ。幸田の服装や髪型には合わない、明らかにテイストが違うし、餃子の形のピアスなんて、そうありふれたデザインではない。偶然被るとは思えない。第一、幸田の耳にピアスの穴はあいていない。

ガラス皿の中に、ピアスはひとそろい、きちんと両耳分あった。ということは、土屋が落としたものをたまたま拾ったということもないだろう。

幸田が、連続殺人犯——なのか。

被害者たちに性的暴行の跡はなかったから、女性が犯人というのも、ありえないことではない。しかし涼太は、連続殺人鬼は圧倒的に男性が多いと言っていた。それに、体力的に、女性に犯行が可能だろうか。

幸田はそれほど大柄というわけではない。殺して、運び出し、県を跨いで山中に遺棄する。かなりの重労働だ。

それができたのなら、幸田は見た目ほど非力ではないのかもしれない。

あまり、彼女を甘く見ないほうがよさそうだ——と、私が警戒心を強めていると、廊下のほうから、小さな物音が聞こえた。

ドアの開閉音だ。

リビングのガラスドアは閉まっていたし、私の座っている場所からは角度的に見えなかったが、廊下に面した部屋から誰かが出てきたらしい。

誰もいないと思っていたが、幸田の息子が部屋にいたのか。

こちらへ来るかと思ったら、彼はそのまま、玄関から出て行ったようだった。気配は遠ざかり、玄関ドアの閉まる音がした。

「ごめんなさいねあの子ったら、挨拶くらいすればいいのに」

「いえ。お子さん、お家にいたんですね」

お休みですか、と訊いたら、そうなの、と幸田はどこかぎこちなく見える笑顔で答える。理由は言わなかった。創立記念日か何かで学校が休みなのか、風邪でもひいて家にいたのか、それとも、普段から不登校なのかわからないが、長くなりそうな話題は避けたほうがいい。私のほうから突っ込んで訊くことはしないでおいた。

そうだ、彼女には息子がいるのだ。子どもと同居しているのに、母親が人殺しなんて――ちょっと想像ができない。何かの拍子に突発的に殺してしまった、というのならまだしも、過去の事件を模した連続殺人なんて。

幼児なら気づかないかもしれないが、小学生にもなれば、母親の行動がおかしいことには気づくのではないか。気づいても言えないか。

本当に、彼女が犯人なのだろうか。しかし、あのピアスがこの家にある以上、そうとしか考えられない――。

幸田は、何故か、目を泳がせている。

さっきまで笑顔だったのに、いや、今も笑顔ではあるのだが、なんだか無理をしているようで、落ち着きがなかった。

どうかしましたか、と声をかけるべきか迷う。不審に思われず、無事にこの部屋を出ることだけを考えるなら、気づかないふりをしていたほうがいいのか。しかし、目に見えて様子がおかしいのにスルーするのも、かえって不自然な気もする。

どうしようか決めかねているうちに、幸田は「他にお茶菓子があったかしら」と言って立ち上がった。

「ちょっと見てみるわね」

「あ、いえ、おかまいなく。お茶だけで十分ですから。シュークリームもいただいたし」

長居する気もない。慌てて呼びとめたが、幸田はキッチンへ入ってしまった。

カウンターで仕切られているだけなので、私の位置からも、食品棚を開け閉めしている彼女の様子が見える。

私は仕方なく浮かせかけた腰を下ろした。幸田がこちらを見ていない隙にスマホを確認すると、涼太から、『すぐ行く』『部屋の外で待機する』とメッセージが届いている。心強く思いながら、もう一度深く息を吸って吐いて、心を落ち着かせた。

幸田はまだ、ごそごそ食品棚を物色している。

私は室内を見回した。物が多いが、掃除が行き届いていて、手のかけられた部屋だ。殺人犯の住む家、という感じは全くしない。

チェストに飾られた写真の中では、幸田が、体操着姿の息子と一緒に笑っている。運動会の写真のようだ。若いころの幸田は、今と違って、髪を肩まで垂らしていた。彼女に肩を抱かれた息子は、居心地悪そうにあさってのほうを向いている――。

そこで、違和感を覚えた。

さっきは、まじまじと見なかったから気づかなかったが、写真の幸田は、今よりも随分若いようだった。私は立ち上がって、チェストに近づいた。

やはりそうだ。廊下の飾り棚にあった写真ほどではないが、それでも、かなり……十歳、いや、二十歳は若く見える。もっとかもしれない。

一緒に写っている子どもは、小学校高学年か、中学生だ。

ということは。

――幸田の息子は、今。

私は、廊下へと続くガラスドアを振り向いた。ドア枠にはめ込まれたガラスごしに、玄関が見える。

ざわりと背中を、嫌な予感が這い上がった。

「クッキーがあったから、食べていってね。息子のおやつだけど」

引きつった笑顔で、幸田がキッチンから出てきて言う。

「いえ。もう失礼します」

きっぱりと答えた。

カップに半分残した紅茶もそのままに、廊下へ続くドアを開ける。

お茶を飲んでいる時間はなかった。さっき、誰かが出て行く気配がした――彼がここから出て行ったということの意味に、思い当たってしまった。たまたま出かける用があったならいいが、自分が訪ねてきているこのタイミングで出て行ったということは、急ぐ理由があったのだ。

飾り棚を見ると、餃子のピアスはなくなっていた。嫌な予感が的中したようだ。

最初から今日実行するつもりで、私を足止めするためにお茶に招いたのか、それとも、私がどこまで気づいているか探ろうとしただけだったが、私がピアスを見たことを察したから、急遽予定を変更したのかはわからない。どちらにしても、彩が危ない。

「待って！　もう一杯だけお茶を飲んでいって、ねえ、いいでしょう」

幸田が廊下に出てきて、懇願するように言った。

あのピアスは誰のものですか。さっきまであったのに、何故今なくなっているんですか。何に使うつもりですか。あなたの息子は何歳ですか。それらを確認している暇はない。

「あなたは知ってたんですか」

靴を履きながら振り向いて、私がそれだけ訊くと、彼女は胸を突かれたかのように息をのむ。

さっきまでとは別人のように、青ざめた顔をしていた。

このまま足にすがりつかれても振り切って出て行くつもりだったが、幸田はその場に立ち尽くし、私にはそれ以上近づいてこなかった。自分の胸元に、ぎゅっと握った手を押し当てて震えている。

「あの子はいい子なのよ。賢くて、親孝行で……あの子は、本当は」

廊下で繰り返す彼女を置いて、外へ出る。

玄関ドアを開けたところに、涼太がいた。ちょうど、エレベーターを降りて駆けつけてきたところらしく、勢いよく開けたドアにぶつかりそうになって「わっ」とのけぞる。

無事かと訊くのに頷き、

「犯人は幸田の息子だ。彩が危ない。彩の部屋を見てきてくれ、私は管理人室に行く」

早口に言って走り出した。

彩の部屋は上階にあるので、エレベーターは涼太に譲り、私は階段を駆け下りる。

警察を呼べと指示するのを忘れたと走りながら気づいたが、とにかく今は、一刻も早く彩を見つけなければならない。

犯人も焦っていて、犯行に時間はかけないはずだ。

一階の端の管理人室に着く。小窓はカーテンが閉まっていたが、玄関ドアの鍵は開いていた。躊躇せずにドアを開ける。

中に入ると、すぐ右手に、小窓のある管理人用の執務スペースがある。そこに、誰かがうつ伏せに倒れているのが見えた。

近づいて見ると、寺内だ。両手首を体の後ろで、荷造り用のプラスチックバンドで拘束されている。ぴくりとも動かない。

まっすぐなままのバンドが、傍らにもう一本落ちていた。足も拘束しかけて、途中でやめたようだ。

息があるか確かめようとしたとき、奥の部屋で物音が聞こえた。

そうだ、彩は。

寺内から離れ、執務スペースを出る。キッチンの脇を抜けて、奥の部屋を見ると、開いたままの入り口のドアから、床の上に膝をついている男の背中が見えた。黒いパーカの後ろ姿に見覚えがある。

その体の下で、白い脚が、床を蹴るように動いている。

男の手が、彩の首にかかって、押さえつけるように力を込めている。

私はとっさに、チェストの上にあったウイスキーボトルを引っつかみ、男の後頭部に向けて思い切り振りぬいた。ごんっ、という音がして、男は彩の上から吹っ飛ぶ。映画やドラマで見るように、がしゃんとガラスが飛び散ったりはしなかった。中身がたっぷり入ったボトルは思ったよりも頑丈で、傷一つついた気配もない。

力いっぱい殴ったので、死んだかもしれない、と一瞬思ったが、男は床に倒れて呻き声をあげていた。生きているようだ。

「大丈夫か？」

彩に手を貸して助け起こした。

彩は喉をさすり、咳き込みながら頷く。

「この、人、誰」

「幸田さん家の息子。たぶん」

私は、横向きに倒れた男の、うっすらと無精ひげが生えた顔を見下ろす。三十代半ばくらいだろうか。

幸田が息子を、「あの子」と呼び、小さな子どもであるかのように話していたから、私も、小学生くらいなのだろうと思い込んでいた。以前、小学生らしい男の子と歩いているのを見かけたことがあったが、幸田は学童保育で働いていると言っていたから、そこで知り合った子とたまたま一緒になったのだろう。

小学生のころの彼と写った写真の中の幸田は、今よりずっと若かった。それを見たとき、彼女の息子は、もう子どもではないのだと気がついたのだ。

「……無茶苦茶するわね」

ウイスキーボトルと男を見比べて、彩が言った。

「こういうのは思い切りが大事なんだよ。躊躇しないのがコツ」

「それには同意するけど」

彩はまたまた小さく咳き込み、喉が痛むのか、顔をしかめた。

涼太が来るから、出ていよう、と声をかけ、背中に手を添えて出口へと誘導する。涼太がもう連絡しているかもしれないが、もしまだなら、警察も呼ばなければならない。

「……助かったわ」

彩が言った。

手が震えている。
私の手も震えていた。

坂上秀紀

「すごいことになってるな。こりゃ金一封ものだぞ」

俺が言うと、小崎は「編集長のおかげです」と殊勝なことを言う。

幸田拓真が逮捕され、そのわずか数日後、その犯行や逮捕に至る顚末(てんまつ)に関する詳細な記事が公開されると、大騒ぎになった。記事が掲載されたのは、俺が編集長を務める雑誌で、記事にしたのは、編集部に出入りしている若手のライター、小崎涼太だ。

個々の事件はもちろん報道されていたが、連続殺人であることは伏せて捜査が進められていたから、結果的に逮捕と同時に公表される形になった。それも、騒ぎに拍車をかけた。

犯人が五人目の被害者を襲おうとしたところで被害者の知人にそれを阻まれ、現行犯逮捕されるという、稀(まれ)に見るセンセーショナルな逮捕劇についてなど、警察の発表では触れられていなかったことまで、その記事には書かれていた。

記事は連載形式で、全五回を予定している。第一回が掲載された雑誌は飛ぶように売れ、ネット版の有料記事も、史上最高閲覧回数を叩き出しそうな勢いだ。

「もっと連載回数増やしたらどうですか？　全然いけるでしょ」

「いや、予定通り五回に収めて、加筆して書籍化じゃないかここは」

編集部の先輩局員たちにも囃（はや）され、小崎は笑顔で頭を掻いている。

「大スクープをものにした割には、浮かれてねえな」

「そんなことないですよ。ただ、まだ事件の全容が見えたわけじゃないので……」

初めての署名記事が大反響を呼んだことを、ただ手放しに喜んでいるというわけではなさそうだ。確かに、被疑者の取り調べは始まったばかりで、まだ裁判の日程も決まっていない。被害者が多く、しかも県を跨いでいるとあっては、裏どりにも相当時間がかかるだろう。公式の発表が、記事の内容と食い違うようなことが、これからないとも限らない。

「まあ、まだ連載も途中だしな。気が抜けないか」

「被害者とか、当時の捜査官とか、逮捕現場に居合わせた関係者の話も聞けることになってるんで、最終回まで気合入れていきます」

逮捕現場に居合わせたというのは、小崎の実姉で、被害者も顔見知りらしい。ネタ元が身内というのは強い。警察や、他の記者が相手では話してくれないことまで聞き出せる。

期待してるぞ、と俺は小崎の肩に手を置いた。

はいっ、といつものように張り切った返事がくるかと思いきや、小崎は神妙な顔つきで頷く。

「おい、どうした」

いよいよ心配になって声をかけた。

小崎は、いえ、と首を振り、いつもの彼らしく、人好きのする笑顔を作る。取材のときに持ち歩いている鞄をとり、肩にかけた。

「ちょっと、気になっていることがあって。……取材、行ってきます」

記者の目をしていた。

Chapter 5

土屋萌亜の遺体は、スーツケースに詰められ、防臭と腐敗を遅らせるため消石灰漬けになった状態で、幸田佐知子の名義で借りられていたトランクルームから発見された。もう何か月かしたら、気温が高くなる前に、他県のどこかの山中へ棄てに行くつもりだったそうだ。池上有希菜の遺体から奪った髪留めと一緒に。

俺や晶が想像していたとおり、土屋は、口封じのため、ベルファーレ上中のゴミ置き場に連れ込まれて殺されていた。次の被害者——最後の被害者となる予定だった彩の遺体に添えるため、ピアスを外し、防臭や防腐の処理もその場で行い、夜の間に佐知子の車に遺体を入れたスーツケースを積んで、翌朝トランクルームへ運び込んだという。

俺と晶は、加納からそれを聞いた。俺より情の深い晶はショックだっただろうが、覚悟はしていたのだろう。「そうか」と言っただけだった。

これらすべてを白状したのは幸田佐知子で、息子であり、実行犯である拓真は、完全黙秘を貫いている。

息子の犯行が「スタイリスト」の犯行を模倣したものだったと、佐知子は知らなかったようだが、彼のパソコンには、「スタイリスト」に関して検索したり閲覧したりした記録があり、室内からは古い記事のコピーまで見つかったため、警察も、今では、彼の犯行が「スタイリスト」の模倣だった前提で捜査を進めている。

「コーヒーでよかったかしら」

どうぞ、と目の前に青いレースのような柄のコーヒーカップが置かれた。

俺がどうもと会釈をすると、加納彩はダイニングテーブルの椅子を引いて、俺の斜め向かいに座る。

「そのシャツ可愛いわね。そういうの、どこで売っているの？」

「主に通販っす。お気に入りのショップがあって」

俺は着ていたシャツの襟をつまんで引っ張ってみせた。今日のシャツはいつもよりちょっとだけフォーマルなスタイルで、気合を入れたいときに着る。胸ポケットのオムライスの刺繍がポイントだ。

「このたびは、大変でしたね。おけがなくて何よりっす」

「ありがとう。おかげさまで……本当に、おかげさまだわ。あなたのお姉さんに助けてもらったんだから」

彼女は、連続殺人犯、幸田拓真の最後の被害者となりかけたところを、駆けつけた晶に救われた。

幸田拓真は俺が呼んだ警察に逮捕された。母親の佐知子も殺人の従犯等の容疑で、息子と同じように勾留されている。巻き込まれた管理人の寺内は入院しているが、命に別状はなかったそうで、今週中には退院して仕事に復帰する予定だと聞いていた。

事件から一週間。連続殺人犯に襲われたショックから立ち直るには短い期間に思えたが、見る限り、彩はすっかり落ち着きを取り戻しているようだ。

事件のことで話を聞きたいと、晶を通して申し入れ、了承を得ている。俺がライターで、犯罪に関する記事を主に書いていることも伝わっていて、快く応じてもらえた。

俺は繊細なデザインのカップを手にとり、室内を見回す。よく遊びに行っている姉夫婦の部屋と同じ間取りなのに、内装が違うので、少し不思議な感じだった。このインテリアは加納の趣味とは思えないから、彼女の好みなのだろう。

清楚な白いブラウスを着た彩は、シックなインテリアにぴったり合っていて、ドールハウスとセットの人形のようだ。美人なのもあって、どこか作り物めいて見えた。

「事件当日のことよね。その日は、晶……あなたのお姉さんとお茶を飲んで、その後、管理人の寺内さんのところに行ったの。もともと理事会のことで話をする予定があって、それは晶にも伝えてたわ」

「聞いています。姉はそれを思い出して、管理人室に駆けつけたって」

俺はあのとき加納宅のほうを見に行ったが、空振りだった。晶が駆けつけたとき、幸田拓真はすでに彩の首に手をかけていたと聞いている。二手に分かれて、晶が管理人室へ向かっていなかったら、間に合わなかっただろう。

拓真は、晶が事件について調べているらしいと気づいていたようだ。母親に言って、晶が何をどれだけつかんでいるのか、探らせようとした。

晶の様子から、自分が一連の事件の犯人であることを気づかれたと察し、逃げるのではなく、邪魔が入る前に最終目的を遂げようとしたのだ。

警察が来れば逃げきれないことはわかっていて、それでも最後の、そして本命のターゲットだった彩を殺そうとした。たとえ逮捕されても、彼女を殺せれば「勝ち」だ、とそう思っていたのだろう。遺体の発見の時期を「スタイリスト」のそれと合わせようとしたところを見ても、彼が一連の犯行をゲームのようにとらえていたことはうかがえる。個人の心情としては理解できないが、思い描いていた犯人像とは一致した。

動機らしい動機はなく、ただ、五人殺して逃げおおせた「スタイリスト」と同じ「偉業」を自分も成し遂げたかった、ということのようだ。

「管理人室で寺内さんと……ああ、場所は、入ってすぐのところにある執務スペースよ。小窓があるところ。そこで、理事会のことを話していたの。そのときはカーテンが閉まっていたから、犯人が来るのは見えなかったんだけど」

彩は自分もカップを取り上げ、口をつける。

「私は入居してまだ一年も経っていないから、寺内さんはずっと前から管理人をしているベテランなのかと思っていたけど、彼も管理人になってまだ三年なんですってね。以前は、マンションのオーナーが身内を管理人室に住まわせて、家賃をとらないかわりに管理人業務をさせていたけど、その人が辞めてしまったから自分が雇われたんだって、話してくれたわ」

「そうらしいっすね」

そのあたりは調べてあった。俺の相槌に、彼女は「あら」というように目を上げたが、そのまま話を続ける。

「それで、前の管理人がつけていた業務日誌を参照しようってことになったの。寺内さんが書類棚を探しているのを、私はすぐ隣で見ていたんだけど、そうしたら、突然、横から手が伸びてきて、ばちって音がして、寺内さんが倒れたの」

「スタンガンですか?」

「そうみたい。今思えばね。でも、そのときは何が起きたかわからなかった。呆然としていたら、あの男、犯人が——びっくりして、あまりよく覚えていないんだけど」

俺は、わかります、というように頷いた。

被害者が、恐怖と混乱で、事件に巻き込まれたときのことを思い出せない、ということはよくあるらしい。

「思い出せる限りでかまわないんで、続けてください」

当日、あの場で何があったか、だいたいの話は、晶からも、警察内部にいる情報提供者からも聞いている。しかし、本人からしか聞けないこともある。

「犯人は出入り口の側にいたから、とにかく反対側に逃げたの。奥の部屋に入って、鍵をかけるつもりだったけど、ドアを閉める前に追いつかれて……引き倒された。私も抵抗したし、倒される前に揉みあいになったと思うけど、無我夢中だったから、どれくらいの時間そうしていたかはわからないわ」

現場にスタンガンが落ちていたことは聞いている。俺がそれを口に出すと、彩は頷き、

「奪い合いになって、落ちてどこかにいってしまったの。犯人がスタンガンを落としていなかったら、私、もっとあっさり引き倒されて抵抗もできなかったでしょうね」

カップを持っていないほうの手で自分の身体を抱くようにして言った。もしそうなっていたら、晶が駆けつける前に殺されてしまっていたかもしれない。そのことを想像し、寒気を覚えているかのようだった。

「寺内さんは、梱包用のバンドで拘束されてたみたいなんすけど、犯人はいつ寺内さんを拘束したんすかね？」

「さあ……わからないわ」

「足を拘束しようとして途中でやめたっぽいんで、たぶん、手を縛った後で、あなたを追うほうにシフトしたんだと思うんですけど」

「寺内さんが倒れたときは呆然としてしまって、すぐには動けなかったから、たぶんそのときだと思う。犯人が寺内さんのそばに屈んでいる間に、はっとして逃げ出したから……私を追う前に、急いで手だけを拘束したんじゃないかしら」

「タイミング的には、それしかなさそうっすね」

プラスチックバンドを手首に巻いて留めるだけだ。慣れていれば、数秒で済む。

「その後、どうしたんですか？」

「両手で首を絞められて、もうだめかもって思ったときに、晶が来てくれたのよ。そのへん

にあった酒瓶で……たぶん管理人さんの寝酒用ね。それで犯人を殴ったの。うまい具合に気絶したみたいだったから、二人で部屋を出て、警察を待って……あ、その前に寺内さんの手をほどいてあげたけど、彼のことはそのまま置いて出たわ。頭を打っていたら動かさないほうがいいと思って」

なるほど、と俺は頷いてカップを置いた。

「警察には、そう話したんですね?」

カップを手にしたまま、彩が動きを止める。

「え?……ええ、記憶のとおり話したけど」

そうですか、と言って俺は、テーブルの上で指を組んだ。

どう切り出せばいいのか、考える。

嘘ですね、と真っ向から指摘するのは避けて、言葉を選んだ。

「一応、つじつまが合わなくはないんです。こうだったはず、って言われれば、そういうこともあるかも……と思えるし、矛盾する部分については、わからない、覚えていないと言えば、誰も被害者のことは疑わない。被害者は混乱していて当然っすから。警察のほうで、勝手に理屈を通してくれます。スタンガンから犯人の指紋が見つからなくても、揉みあっているうちに擦れたのかもしれない、とか」

「何が言いたいのかしら」

彩は、笑顔で首を傾げる。

本当にわかっていないない、のではなく、作り物の笑顔だ。それはわかる。が、真意は読めない。

「あのスタンガンは、彩さんのものじゃないんですか」

切り込んだが、彩の表情は変わらなかった。

返事は期待できなかったから、待たずに続ける。

「あなたは、管理人室へ行ったとき、揉め事が起きる可能性を予期していた。だからスタンガンを持っていったし、心の準備もできていた。心の準備なら、ずっと前からできていたでしょうけど」

彩はカップをソーサーの上に下ろし、

「仮に持っていたとしたらどうなの？　晶に警告されていたし、夫にも気をつけるように言われていたから、護身用にスタンガンを持ち歩くくらいおかしくないでしょう。実際、襲われたわけだし」

おもしろがるような、試すような調子で言った。失礼な、出ていってくれ、と言われなかっただけよかった。話を続けられそうだ。

「幸田に襲われることまで予想していたかどうかはわかりません。その可能性くらいは頭にあったかもしれないっすね。でも、あの日あの場所にスタンガンを持っていった目的は別です」

息を吸い込み、腹の下のほうに力を入れる。

「管理人の寺内をスタンガンで気絶させたのは、彩さんですね」

もう一度、今度はもう一歩先へ踏み込んだ。

「書類棚を物色しているところを後ろから襲われたなら、寺内は、誰にやられたかわからなかったかもしれません。だから、あの後病院で目を覚ましても、何が起きたかわからないままだったと思います。今もそうでしょうね。彼が目を覚ます前に幸田が管理人室へ来たのは偶然でしょうけど……結果的に、彩さんのしたことはバレずに済んだ」

彩は答えない。

表情も変わらない。

怯み(ひる)そうになるのを抑え込み、彼女を見据えた。

「彼を気絶させ、拘束して無力化してから、話をしようとしたんすよね。話をする……もしかしたら、拷問することとくらい想定してました？」

挑発するような物言いになったが、彩が機嫌を損ねた様子はない。むしろどこか楽しそうに、彼女はまた首を傾げる。

「どうして私が寺内さんを拷問するのかしら」

「彼が奪ったものを取り戻すため……それから、自白を引き出すため。敵討ちの意味もあったんすかね。いずれにしても、あなたには、そうするだけの理由があった」

まるで、ミステリードラマのラスト十五分、名探偵と犯人が対峙しているシーンのようだ、と思ったが、俺では探偵役には不足だろう。それに彼女だって、探偵に追いつめられる黒幕などではない。

「話をいったん、事件のことに戻しますね。幸田拓真は、『スタイリスト』に心酔して、その犯行を模倣して、ここへ引っ越してくる前に住んでいた東京で、一人目の被害者を殺した。動画撮影のため、一人で廃墟に来ていた大学生です。襲う側からすれば、楽な標的っすね。『スタイリスト』の真似をするために標的を探していて、彼女に目をつけ、後をつけたのかもしれませんし、彼女を見かけたのは偶然で、今なら誰にも知られず殺せる、という衝動的な犯行だったのかもしれない。本人が黙秘してるんでわかりませんけど」

それが去年の夏の終わりごろ。遺体の発見は九月頭だが、犯行自体はおそらく、八月の半ばから下旬だろうとされている。

幸田佐知子は、息子の犯行に気がついたのだろう。それで、都内から、千葉県へと引っ越したのだ。

幸田親子は去年の秋、ベルファーレ上中に入居した。息子を捜査の網の外へ逃がすために、佐知子は転居を決めたはずだが、拓真はそこでおとなしくなったりはしなかった。それから半年後、二人目の被害者が、千葉市内で見つかる。

「幸田親子がベルファーレに引っ越してきた半年ほど後、千葉市内の路地裏で二人目の被害者が殺されました。拓真は半年ちょっとの間に、二人を殺していることになる。でも、その手口は稚拙で、本物の『スタイリスト』には遠く及ばなかった。誰に見られるかわからないうえ、すぐに遺体が発見されてしまう路地裏で殺したことや、行方不明になれば騒ぎになりそうな、会社勤めの女性を殺しているところを見ても……。最初の犯行は、被害者が廃墟という、普段人の寄りつかない場所へ自分から行ったという特殊な事情がありました。夏休み中だったということもあって、遺体発見まで日数が空き、そのおかげで、犯人へつながる手がかりも残らなかった。でも、二人目の遺体はすぐに発見されています。誰にも見咎められなかったのはたまたまで、計算の結果ではなかったはずです。犯行自体はずさんなもので、つかまらなかったのは、運がよかっただけです」

一度や二度ならラッキーもあるが、三人目、四人目と犯行を重ねても露見しないなら、それは犯人が周到なのだ。そう思っていた。しかし、幸田拓真は、単に、ラッキーだったのだ。そのままだったら、おそらく、三件目あたりで警察に尻尾をつかまれていただろう。

「ところが、三件目から、急に手口が洗練されます。とはいっても、土屋さんに目撃されてしまったわけっすから、詰めは甘いんですけど。SNSか何かで誘い出したのか知りませんけど、他県に住む被害者を誰にも見られないように殺して、他県の山中に棄てる。被害者とは何のつながりもないうえ、別の県に住んでいる幸田は捜査線上にも浮かばないし、事件が県を跨ぐと、警察はうまく連携をとれないものです。遺体の発見が遅れれば、それだけ、証拠は散逸します。防犯カメラのデータも、目撃者の記憶も消えていくから」

「どうして急に?」

「ブレインがついたんですよ」

すぐに答える。彩も答えはわかっているのだから、質問というより、相槌のようなものだった。

「母親じゃない。彼女がそうなら、一件目が起きた直後からかかわっていたはずです。三件目から洗練されたということは、二件目の犯行と三件目の間に親しくなった相手が、助言をしたんです。でも、連続殺人なんて特大の秘密を告白できる相手は限られていますよね」

そうね、と彩はまた相槌を打つ。協力的だ。会話を続ける気があるということだ。

「家族、恋人……よほど信頼できる友人……もしくは、同好の士とか」

彼女が挙げるのに、俺は「そうっす」と頷いた。

「幸田親子がベルファーレに引っ越してきたのは、偶然じゃなかったんです。幸田拓真は何らかの方法で、寺内がこのマンションで管理人をしていることをつきとめた。どうせ東京を離れるのなら、ここに住みたいと母親を説得したんだと思います。あなたもそうだったんじゃないですか?」

彩はそれには答えなかったが、かまわず続ける。

「幸田拓真は、寺内に近づき、自分の犯行を告白した。そして、教えを乞うた。あるいは寺内のほうから、すすんで助言をしたのかもしれません。そんなやり方では早晩警察につかまってしまう。最後までやり遂げたいのなら、きちんと獲物を選んで、計画を立て、つかまらないようにやりなさい——そんな風に。親切心からではないと思います。浅はかな男が『スタイリスト』を真似て失敗して、騒ぎになれば、自分の生活が脅かされると思ったんでしょうね。過去まで掘り返され、暴かれるおそれさえある。それを避けるために、彼は、幸田拓真にレクチャーしたんです。被害者の選び方、遺体を棄てる場所、証拠を残さないためにはどうすればいいか……殺害にうってつけのゴミ置き場というスペースも提供した」

小さく深呼吸をした。

確実な根拠を持っているわけではない。しかし、この後話を続けるために、ここは言い切らなければならない。

「彼こそが、二十四年前に五人を殺して姿を消した、『スタイリスト』だからです」

黙って聞いている、彩の表情が消えていた。

驚いた演技すらしないところを見ると、もう隠すつもりはないのだろう。

彼女は知っていたのだ。

俺も、彼女が知っていると知っていた。

話し続けているからではなく、口の中が乾いている。コーヒーで湿らせた。

「まだ、警察は気づいていないと思います。寺内は被害者扱いで、被疑者として取り調べられてはいないし、幸田拓真も黙秘してるんで、これは大部分が俺の想像です。でも、そのうち答え合わせができるんじゃないかと思っています。幸田拓真は、本家『スタイリスト』ほど周到じゃないし、覚悟もできていない。所詮真似事っす。そんな人間が、裁判が終わるまでずっと黙秘を貫けるとも思えない」

「その言い方だと、『スタイリスト』を持ち上げているように聞こえて不愉快だわ」

「あ、すみません。そんなつもりは」

もちろん「スタイリスト」は残虐な殺人鬼で、そんなものに憧れ、心酔していた幸田拓真も同じく異常な人間だ。俺が恐縮すると、彩は冗談だというように少し笑う。

「でも、確かにそうね。幸田拓真は未熟だったし、それに比べて、寺内は老獪(ろうかい)だった。どちらも異常者には変わりないけど」

俺は頷いた。二十六年前、「スタイリスト」として犯行を行っていたとき、寺内はすでに五十代だった。三十代半ばの幸田と比べれば、人生の経験値という点だけでも大きな差がある。

彩が思ったよりも軽い口調で会話を続けてくれたことに安堵して、俺はまた話し出した。

「『スタイリスト』の犯行において、被害者のタイプや居住地が異なっていたのは、連続殺人だということがすぐにはわからないようにして、かつ、自分が捜査線上に浮かばないため。殺し方が異なっていたのも、同一犯の犯行だと知られないためというのもあったでしょうけど、おそらく、どのやり方が一番いいか、試す意味もあったんじゃないでしょうか。幸田拓真はそれを真似ただけで、殺し方には特に深い意味はなかったと思います。四人目の被害者となった土屋さんの殺害は、突発的だったからでしょうが、結果的に二人目と同じ千葉市内……犯人の居住エリアの住人を殺すことになってしまいましたし……殺害方法も撲殺だったそうですから、『スタイリスト』の四人目とはそろっていません」

「スタイリスト」の四人目の被害者は絞殺された。幸田も、三人目までは「スタイリスト」と同じやり方で被害者を殺害してきたが、四人目の土屋でつまずいてしまった。

「三人目は扼殺だったんでしょう？　たぶん、そのとき、首を絞めて窒息死させるのに意外と手こずったんじゃないかしら。それで、四人目はまず頭を殴ってから首を絞めようとしたけど、殴っただけで死んでしまった……とか、そんなところね、きっと」

こともなげに彩が言い、俺は感心して彼女を見る。

すごいですね、と讃えると、彩は「カンニングしたのよ」と答えた。

「夫から、少しだけ話を聞いたの。土屋さんの死因は撲殺だったけれど、首に紐の跡があったって」

形だけでも、「スタイリスト」と同じにしようと、殺した後で絞めたのだろう。死因が何かなんて、調べればわかってしまうのに。

そもそも、半年おきに事件を起こす予定だったのが、三人目を殺して二か月も経たないうちに四人目を殺害せざるを得なくなったのだ。この時点で計画は破綻している。遺体の発見を遅らせることでリカバーしようとしたようだが、晶に気づかれたとわかって、とにかく彩を殺してしまおうと考えるあたりが、いかにも行き当たりばったりだ。

「あの犯人、私のことは刺殺するつもりで、折り畳みナイフを持ってきていたけど、取り出す前に私と揉みあいになって、使えなかったんですって。間抜けでしょ」

「そりゃ、師匠の寺内は気絶してるし、無抵抗な獲物だと思ってた彩さんはスタンガン持って反撃してくるし、動揺もしますよ」

思わず苦笑してしまった。彩が、まあね、相当うろたえてたわ、と返す。

「相手が未熟だったおかげで、私は命拾いしたけど。こんな風に雑にやられたんじゃ、自分の身も危うい、と思った寺内の気持ちもわからなくはないわ」

そう言って思い出したかのようにコーヒーカップをとり、一口飲んで、残念そうに顔をしかめる。冷めてしまったようだ。

「所詮、若僧にできるのはこの程度だろうな、という優越感もあったかもしれないわね。自分が教えてやれば、もっとうまくやれる。自分で殺して回ることはもうできないけど、プロデューサーになるのも悪くない、って思ったのかも」

二十四年もの間、善良な市民の顔で潜んでいたのだ。寺内は、逃げおおせた、と自信を持っていただろう。今さら警察につかまるようなことはするまいと思っていたに違いないが、そこへ、自分の過去を知る幸田拓真が現れた。

そして幸田は、得意げに、二人の殺害を告白する。「スタイリスト」の——自分の手口を真似た連続殺人が起きていることを、寺内は知る。

余計なことをして、自分の過去の犯罪まで蒸し返されては困ると、最初は焦っただろう。しかし、すでにやってしまったものはどうしようもない。

それなら、いっそ知恵を貸して、幸田がつかまらないよう、犯行の完成度を上げるしかない。一度そう決めれば、彩の言うように、二度目の完全犯罪を成し遂げることへの意欲も湧いたかもしれない。

体力的には、二十四年前のようには動けなくなったが、自分を崇拝する男を操って、間接的に犯行を楽しもうと思ったとしても、不思議はない。

「そうすると、最後の標的に彩さんを選んだのはどちらだったんですかね」

間違いなく、彼女は寺内の好みだっただろうが、幸田も「スタイリスト」の最後の被害者の顔を知っていたなら、寺内の直接の指示はなくても、似ている彼女を自ら選んだということも考えられる。

さあ、と彩は気のない返事をした。

「わからないわ。私、ここへ引っ越してきてから、男性の住人にはできるだけいい印象を持たれるように振る舞っていたから。寺内には特に愛想を振りまいていたけど、幸田拓真にも声をかけたことがあったし。そのときは、どの部屋に住んでいる誰かまでは知らなかったけどね」

晶から聞いていた。彼女が、幸田拓真を、謎の黒フードの男として認識していたころだ。

「彼女がそうだったから……誰にでも好かれていたから、私もそうなろうとしたのよ。『スタイリスト』の目にとまるようにね。でも、彼女は、男性相手に限ったことじゃなく、誰にでもにこにこして親切だった。きれいで、お姫様みたいだったの。憧れていたけど、とても、あんな風にはなれないわ。表面だけ似せるのがせいぜいで」

彩はカップの持ち手に手を添えたまま目を伏せる。濃いまつげが、頬に影を落とす。

「髪型とか、服装とか、仕草、話し方。誰にでも親切にすること。内心は面倒くさいと思っていた。近所づきあいだって、ちっとも楽しくないし、目的がなければ理事長なんて絶対やらなかったわ。私は彼女の真似をしていただけ。……幸田が寺内を真似ていたみたいにね。偽物の獲物でも、引っかかってくれたからよかったけど」

誰のことを話しているのかはもうわかっていた。

「伊川鈴花さんですね」

俺が言うと、彩は黙って頷く。

埼玉県の飯能(はんのう)市に住んでいた女性で、「スタイリスト」の最後の被害者だ。

「『スタイリスト』は、二十六年前に犯行を開始して、二年の間に五人を殺しました。でもその中で、本当に殺したかったのは一人だけ、最後の被害者である伊川鈴花さんです。まだ調べはついていませんが、おそらく、寺内は彼女の知人だったか、そうでなくても、近所に住んでいたんでしょう。どこかで彼女を見て、目をつけた。でも、すぐには殺さなかった」

彩は何も言わずに聞いている。ということは、俺の仮説は、大きく間違ってはいないということだろう、と判断した。

「『スタイリスト』が、一人目の被害者の持ち物を二人目の被害者に、二人目の持ち物を三人目に身につけさせて、持ち物のリレーをさせていたことは知っていますか?」

意味のない質問だ。知っているに決まっている。訊いた後でそう気づいたが、彩は笑いもせず、「ええ」と答えた。

「今回の犯人、幸田もそれをしていた。俺が、今回の事件を、『スタイリスト』の模倣じゃないかと気づいたきっかけはそこっす。警察内部にも、それを疑っている人はいたみたいっすね。報道はされていなかったけど、彩さんも、加納さんから聞いたことがあったんじゃないですか？　もしくは、彼の手帳を覗き見て知ったとか」

彩は小さく肩をすくめるようにしたが、否定も肯定もしなかった。

まさか、夫の手帳を見るなんてことしないわ——と、今さらとぼけたりはしない。

たとえ、夫から情報を得ていなかったとしても、異なる県で若い女性の遺体が半年ごとに見つかった、という事実のみからでも、彩なら、「スタイリスト」の犯行を連想したかもしれなかった。彼女はずっと、アンテナを張っていたはずだ。寺内がベルファーレ上中の管理人になったことを捜しあてたように。

俺はその点は追及せずに続ける。

「『スタイリスト』が、伊川鈴花さんを殺すと決めて、練習のために関係のない女性を殺し始めたのか、殺しやすそうな女性を選んで犯行を重ねているうちに、彼女という個人を殺したい、という欲が高まっていったのかはわかりません。最初の被害者から身につけているものを持ち去ったのは、ただ、記念にするつもりにすぎなかったのかも——でも、どこかの時点で彼は、被害者たちの持ち物をリレーさせることを思いついた。最終目的であり、集大成である鈴花さんの殺害へと続く道を飾り立て、フィナーレを盛り上げるための儀式のように」

そして、計画どおりに「スタイリスト」は伊川鈴花を殺し、遺体から記念品を持ち去った。

結婚指輪だ。それがなくなっていたことがきっかけで、警察も、「スタイリスト」が被害者の持ち物をリレーさせていたことに気がついた。

「伊川鈴花さんから指輪を奪い、かわりに四人目の被害者のネックレスをつけさせて、『スタイリスト』の犯行は完成した……警察が気づいたときにはもう、連続殺人は終わっていた。目的を遂げた『スタイリスト』は姿を消しました。満足したんでしょうね」

一連の殺人が同一犯によるものだとわかり、犯人に「スタイリスト」などという呼び名がついたのは、その後のことだ。

結婚指輪という、なくなれば家族が気づくようなものをあえて持ち去ったのは、警察にヒントを与えたつもりだったのか、それとも、目的は達成した、これが最後だ、という思いからだったのか。

その後、今に至るまで、奪われた指輪は見つかっていない。

「そういう話を私にするってことは、バレてるのかしら」

彩はそう言って、ブラウスの襟元に手をやった。

引き出した細い鎖の先に、ホワイトゴールドの指輪がさがっている。

「もしかしたらそうかな、と思っただけっす。現場から見つかったって話を聞かなかったから……見つかっても、警察は、それが事件に関係するものだとは思わなかったかもしれませんけど」

「そうね、少なくとも、すぐには気づかなかったでしょうね」

他の四人の被害者から奪ったものは、次の被害者の身につけさせたが、鈴花が最後の被害者だったから、彼女の遺体から持ち去ったものだけは、この二十四年間、彼の手にあったのだ。

手放すはずがないと思っていた。

彩もそう思っていたのだろう。

「鈴花姉ちゃんの指輪。あいつが二十四年前に持っていった……やっと取り戻せた」

鎖の先の指輪を大切そうに手のひらで包み込み、彼女は目を細める。

姉ちゃん、という砕けた呼び方が、彼女らしくない気がした。子どものころ、そう呼んでいたのだろう。もしかしたら彼女は、本来は晶のように男勝りな性格なのかもしれない。俺や晶は、伊川鈴花の真似をしている彼女のことしか知らない。おそらく加納も含め、ほとんどの人間がそうだろう。それだけ長い間、彼女は、鈴花に似た自分を作ってきたのだ。

「警察が来る前に寺内の拘束を解いたのは、プラスチックバンドに私の指紋が残っているのを怪しまれないためだったけど、それだけじゃないの。あいつの身体を探って、大事なものを身につけていないか確かめたかったのよ。当たりだった。鎖を通して首からかけていたのを見つけて、回収できたわ」

彩が指先を鎖に引っかけて弄ぶと、金属の触れ合う小さな音がした。

彼女の行為が窃盗として咎められるものかどうかは別としても、事件現場から証拠品を持ち出すのは問題のある行為だと思ったが、わざわざ指摘はしない。

刑事の妻である彼女が、そんなことをわかっていないはずがないのだ。

後だ。

加納夫妻がベルファーレへ入居したのは今年の春。幸田拓真による二件目の殺人が起きた

旧友の晶夫妻が住んでいたから、加納が希望したのかと最初は思っていたが、後で聞いたら、彼は、「彩がここを気に入った」と言っていた。幸田が寺内の居場所を知り、ここへ引っ越してきたように、彼女もまた寺内を追って入居したのだろう。

寺内の正体を暴き、伊川鈴花の無念を晴らすために？　あるいは、復讐のためにか。

「私が何をしたのかは大分よくわかってるみたいだけど、どうしてこんなことをしたのかもわかってる？」

「たぶんこうかな、ということくらいは。これもまだ調査中ですけど、今わかっているのは――伊川鈴花さんの夫が、彩さんの叔父だということ。つまり鈴花さんは、彩さんにとって、義理の叔母……ということになるんでしょうか」

彩は頷き、指輪を服の中へしまった。

「私、鈴花姉ちゃんが殺されるとき、その場にいたの」

えっ、と声が出る。

それは知らなかった。

元刑事の澤部に見せてもらった資料の中には、そんな記載はなかったはずだ。当時の捜査の記録の全部を見せてもらったわけではなく、ほとんどが、彼個人の作った捜査メモやノートだった。一部、公式な捜査記録から写し取った情報や写真なども紛れていたが、関係者の

陳述書など、特に個人情報が問題になりそうなものは写しを持ち出さなかったか、部外者である俺に見せることをためらったのだろう。

「叔父さんが出張でいなくてさびしいって鈴花姉ちゃんが言うから、泊まりに行ってあげるって、私から申し出たの。もちろん、実質的には、私のほうが面倒を見てもらっていただけだけど。彼女は憧れの人で、大好きだった。私はそのとき東京に住んでいたけど、泊まりに行くことはそれまでにもあったのよ」

いつものお泊まりのはずだった、と彼女は言った。少し目を伏せて、その日のことを語り始める。

「その日、私がその場にいたのは偶然だった。侵入してみたら子どもがいたんだから、寺内も驚いたでしょうね。すぐ逃げ出して助けを呼べばよかったんでしょうけど、そのときは頭が回らなかった。私は寺内に壁に叩きつけられて、蹴りつけられて……しばらく気絶していたから、犯行の全部を見たわけじゃないわ」

静かな口調だった。血の気が引くほど恐ろしい体験だろうに、淡々と話している。もう何度も思い出しては嚙み砕くことを、味を感じなくなるほど繰り返した記憶なのだろう。

俺だけが緊張していた。

「途中で目は覚めたけど、体中が痛くって、意識はもうろうとしていた。それでも、向かっていってもだめなんだってことはわかったから、這うように逃げ出して、助けを呼びに外に出たの。でも声は出なくって。階段から落ちて、また気絶していたみたい。覚えてないんだけど、次に目が覚めたときは病院だった。骨が何本か折れていたし、内臓も痛めていて……まる二日意識がなかったんですって」

彼女が五歳のころの話だ。壮絶な内容に、俺は言葉も出ない。

「そのマンションの住人が私を見つけて、運んでくれたって聞いたわ。救急車を呼んだのは別の住人だったみたいだけど。私はしばらく入院して、東京の家へ戻って——随分後になって、その、私を見つけたって人の顔を見て、それが犯人だって気がついた。もちろん両親に訴えたし、警察にも言ってもらったけど、とりあってはもらえなかった。表面上は真面目に聞いてくれるのに、結局、その犯人を逮捕してはくれなかったの。どうしてって泣いて暴れたら両親が話してくれたけど、結局、意識がもうろうとした中で、自分を運んでくれた人と犯人の顔を混同してるんじゃないかって、そういうことだった。私は入院していたり、家が遠かったりで、すぐに捜査に協力できなくて……事件から日にちも経ってしまっていたこともあったんだと思う」

私が子どもだったせいで、と言って彼女は、そこで初めて感情を見せた。悔しげに眉根を寄せて、唇を噛んでいる。

自分を落ち着かせるためか、少しの間黙り込み、ゆっくり息を吐いてからまた口を開いた。

「別の住人が犯人らしき男を目撃したらしくて、そっちを追うので手いっぱいだったらしいわ。もう忘れなさいって、両親はあまり詳しいことを教えてくれなかったけど」

俺は曖昧に頷く。

幼い彼女の証言が黙殺されてしまった理由については心当たりがあった。俺は、それをいつ、どうやって彼女に伝えるべきか考えていた。

それにしても、五歳のときから今まで事件のことを忘れずにいたばかりか、たった一人で、二十四年ごしに「スタイリスト」にまでたどりついた彼女の執念には恐れ入る。まさか、刑事の加納と結婚したことまで計画のうちではないだろうなと一瞬頭に浮かんだが、さすがに訊けない。

「すごいですね。それで、自力で、寺内を見つけて、追いかけてここまで……二十四年もの間」

「ずっとそればっかり考えていたわけじゃないわよ。忘れたほうがいいのかなって思った時期もあったの。でも、忘れられるわけがないってわかって、そこからは、積極的に動くようにした」

だって、と彩はまた少しまつげを伏せ、

「大好きだったの。鈴花姉ちゃんのこと」

服の上から指輪に触れるように手を当てる。

ストレートな理由に胸を打たれたが、やはり誰にでもできることではないと思った。

命の危険にさらされ、そのうえ、大好きな人を暴力によって奪われるという経験をしたら、元の生活に戻ることすら簡単ではないだろう。まして、彩は事件当時、五歳だったのだ。

「俺だったら、同じようにできたかわかりません。そんな怖い思いをしたら、立ち向かおうなんてとても思えなくて……ただただ怯えて、忘れようとするだけだったかも」

「私も怖かったわよ。怖かったから、立ち向かうしかなかったの。怖いってことは、自分は支配されているってことだと思って……私が怖くて眠れない夜も、あの男がどこかで自由でいるのが赦(ゆる)せなかった。居場所をつきとめてこの手でぶちのめしてやらないと、ずっと怖いままだって思ったから」

「……彩さん、姉貴と似てます」

思わず言った。

やめてよ、と顔をしかめた後、でも私もちょっとそう思う、と彩は心底嫌そうに付け足した。

「このしゃべり方、今はもう癖になっちゃったけど、五歳のときのまま私がのびのび普通に育っていたら、あんな感じだったかもと思うのよね」

「いえ、その、行動力があるところとか……」

無謀なところとか、とは言わないでおく。

「あなたたちがマンションの住人たちのことを調べ始めたとき、協力するかどうかはちょっと迷ったのよ。寺内に警戒されて近づきにくくなったら困ると思って。でも、何が起きているかは私も知りたかったし、これがきっかけで寺内を逮捕できることになれば、それはそれでいいかって思ったから、手伝うことにしたの」

彩は立ち上がり、コーヒーを淹れ直すわね、と二人分のカップを取り上げた。

ずっとしゃべり通しだったから、コーヒーのおかわりは嬉しい。俺は礼を言って、対面式のキッチンで湯沸かしポットに水を汲む彩を見守る。

コーヒーの粉をスプーンで量りながら、「今回の事件……」と、彩は世間話でもするような調子で口を開いた。

「最初の二件のときね。半年の間を置いて二人分、女性の遺体が出たでしょう。寺内が、どちらの現場からも車で簡単に日帰りできる場所に住んでいるとわかって、最初は、性懲りもなく、年甲斐もなく……？　っていうのは変か、とにかく、寺内がまた殺し始めたのかと思ったのよ。でも実際に会ってみると、思っていたより年をとった感じだったし、行動を見張っていた限りでも、どうやら違うみたいだってわかった。ちょっと混乱したけど、あいつ、幸田拓真が実行犯だったのね。途中から、住人の誰かだろうとは思っていたけど。やっと寺内から指輪の場所を聞き出そうとしたところでいきなり入ってきて、本当、空気を読んでほしいわ」

「向こうも向こうで必死だったみたいですよ。姉貴に気づかれちゃったから、あのときを逃したら、もう、彩さんを襲うチャンスはないかもしれないって」

満を持して本命の標的を襲おうと、協力者だった寺内の部屋へ踏み込んだら、寺内は気絶していて、標的のはずの彩がその手足を拘束しようとしていたのだから、幸田は面食らったに違いない。混乱しているうちに彩と揉みあいになり、ナイフを取り出す余裕もなく……最終的には、晶に殴打されて通報されることになった。

湯気の立つコーヒーで満たされたカップを二つ、彩が運んでくる。

「ねえ、気になってることがあるんだけど」

俺の前にカップを置くと、その向かいに自分の分のカップも置いて椅子を引いた。

「幸田拓真のこと。あいつが寺内に師事していたんだろうってことは、犯行の手口とか、引っ越してきたってこととか、その他もろもろを見ればわかるけど……そもそもどうして、あいつは、寺内が『スタイリスト』だと知っていたの？　二十四年前の事件で、寺内は捜査線上に浮かんでいなかったはずよ。私の証言は黙殺されたんだもの。警察の資料にだって、名前が出てくるかどうか」

彩は犯行現場にいて、犯人である寺内の顔を見ていたから、彼が伊川鈴花と同じマンションの住人だとわかった。顔と名前とある時期の住所がわかっていれば、プロの手を借りるなりしてその後の居場所を調べることは可能だ。しかし、どんなに熱心に崇拝していても、ただ「スタイリスト」という犯罪者を崇めているだけのファンには、「スタイリスト」イコール寺内ということは知るよしもないはずだ。どうにかして警察内部の情報を目にすることができたとしても、そこから寺内にたどりつけたとは思えない――彩が疑問を抱くのももっともだった。俺もそこが引っかかったから、幸田が逮捕された後、彼のことを調べ、二十四年前の事件についても調べ直したのだ。

「彩さんも、そこはわかってなかったんですね」

素人とは思えないほどの行動力と調査力で――あるいは、執念によるものなのかもしれないが――、寺内の現住所だけでなく、ここ一年ほどのうちに起きた事件が「スタイリスト」の模倣犯によるものであり、その裏に「スタイリスト」本人である寺内がいる、ということまでつきとめた彩でも、何でもわかっているわけではないのだ。

そう思って思わず口に出したら、彩はおもしろがるように、少し挑発的に眉を上げてみせた。

「あら、ということは、あなたはわかっているのね？　是非、聞かせてほしいわ。他にも、私が知らないことを何か知っているなら教えてくれないかしら」

「もちろん、全部話します。彩さんも、これだけ話してくれたんすから。でも……そうだな、どこから話せばいいか、迷います」

裏がとれていることも、俺が推理しただけのこともあったが、彩から話を聞けたことで、その大部分がつながった。頭の中でそれをまとめて整理して、順番に並べる。

伊川鈴花が殺されて、その場に子どものころの彩が居合わせたこと。逃げ出した彼女が住人に発見され、寺内が――住人の手前無視できなかっただけか、状態が悪化することを期待して、頭を打っているかもしれない子どもをあえて動かしたか、いずれにしろ善意からではなかっただろうが――彼女を運んだこと。意識不明で入院していた彩が回復し、証言をしたが、警察には真剣にとりあってもらえなかったこと、その後、二十四年も経ってから、寺内と彩と幸田拓真が、同じマンションの住人になったこと。事件当夜、彩が伊川鈴花宅に泊まっていたのは偶然だが、それ以外のことにはすべて理由がある。

「じゃあまず……少し話が戻りますけど、子どもだったとはいえ、犯行現場に居合わせ、犯人の顔を見た彩さんの証言が重要視されなかった理由について。彩さんが当時五歳で、意識もはっきりしていなかった……というのもあったでしょうけど、一番の理由は、彩さんの証言とは対立する別の証言があったからだと思います」

俺はスマホを取り出し、自分のメモを確認しながら話し出した。

「元担当捜査官によると、対立する証言をしたのは、犯行現場となった部屋の隣に住んでいた、当時十歳の少年です。彼は、犯人らしき男が被害者宅から出て行くところを目撃していたそうで、陳述書も作られています。俺は見せてもらっていませんけど」

「隣の部屋……？　人がいたの？」

「はい。事件当夜、隣の家は、両親は留守にしていたんですが、小学生の息子が一人で留守番をしていたそうです。彼は自室で音楽を聴いていて、隣室で何が起きているのかは気づかなかったものの、たまたまトイレに行ったとき、廊下で足音を聞いた気がして、ドアを開けてみた。そのとき、階段を下りていく男の後ろ姿が見えたと」

「後ろ姿だけだったのね」

「はい。でも、ちらっと横顔が見えたんで、似顔絵作製にも協力したそうです。証言によれば、二十代から三十代前半の若い男で、髪は長め、かなり太っていたってことでした」

「何よ、全然違うじゃない」

少年の語った犯人像を聞くなり、彩は憤慨した様子で声をあげる。

「寺内はあのころから、どちらかというと痩せ型だったし、髪も短かったわ」

二十四年前の事件当時、寺内の体形が今と違っていた可能性もあるとは思っていたが、彩がこう言うのだから、特別太っていたということはなかったのだろう。第一、当時寺内は五十代だったはずで、それだけでも目撃証言には一致しない。

「そうなんです。彩さんの証言が、記憶の混同だと一蹴されてしまったのも、この証言と食い違っていたからじゃないっすかね。けがをしてショックを受けて意識の混濁していた五歳児より、冷静な状態の十歳児の証言のほうが信憑性が高いと判断されたんです」

「本当は何も見ていなかったのに、警察に嘘の証言をしたってことよね？　目立ちたかったのか、いたずらか思い込みか、どちらにしてもいい迷惑……」

腹立たしげに言いかけて、彼女は、はっとしたように口をつぐむ。

「……そうじゃないのね。何も見ていないのに、目立ちたくて嘘をついたわけじゃない」

俺の返事を待たず、自分で答えにたどりついて、彼女は独り言のような調子で言った。

「実際に犯人を見ていたのに――全然違う男だったと、嘘をついたのね」

俺は頷いた。

「話を聞いた元刑事さんに頼みこんで、教えてもらったんです。証言をしたその少年は、金本拓真という名前でした。両親が離婚する前で苗字が違いますが、幸田拓真本人です」

自分と、彼女のことも落ち着かせるために、意識してゆっくり、平坦な口調で話す。

「これは完全に俺の想像っすけど……おそらく彼は、日常的に、ベランダ伝いに移動して、鈴花さんの部屋を覗いていたんじゃないでしょうか。鈴花さんの御主人は留守がちだったそうですし、子どものころの幸田も両親が共働きだったなら、一人で留守番をすることが多かったでしょう。それで、事件当夜も、彼はベランダのカーテンの隙間から、犯行の一部始終を見ていた」

普通なら、警察に通報する。しかし、彼はそうしなかった。最後までガラスごしに見物して、その後、犯人である寺内をかばう証言をした。

自分の覗き行為が知られてしまうのをおそれたとか、後ろめたかったからという理由なら、目撃したことを黙っているだけでいい。それなのに、彼は、わざわざ、事実とは違う証言をした。積極的に嘘をついたのだ。

「その後の彼の行動から推測すると、殺人や、殺人犯である寺内に興味を持って、話を聞きたいと思ったんだと思います。だから、警察に嘘をついてまで、寺内をかばった」

拓真少年は、伊川鈴花だけでなく、寺内とも、もともと顔見知りだったのかもしれない。

鈴花の事件をきっかけに、一連の事件は連続殺人だったと報道され、犯人に「スタイリスト」という名前がつけられると、幸田はますます寺内のファンになったのだろう。両親の離婚や引っ越しを理由に元いたマンションを離れても、二十四年もの間、その憧れを胸に抱き続け、ついに自分でその犯行をなぞるところまでいったのだから、こちらも大した執念だ。

もっとも、彩と違って幸田は、もともと自分の中にあったものが、「スタイリスト」の犯行を目撃することで目覚めただけで、「スタイリスト」の存在を思い出し模倣しようと決めたのは、衝動に任せて一人目を殺してしまった後のことかもしれないが。

「あいつだったのね」

確かめるかのように彩が言った。

濃いまつげに縁どられた両目が、ぎらぎらとした光をたたえている。

俺に対する怒りではないのに、ごめんなさいと言ってしまいそうな迫力があった。

「警察に引き渡す前に、ちょっとくらい痛めつけてやればよかった。スタンガンは持っていたけど、服の上からだったから、効果が弱かったのよね。反撃されちゃって、ちょっと危なかった」

一方的に首を絞められたわけではなく、しっかり抵抗はしていたようだ。幸田の身体にスタンガンの跡があったなら、警察も気づいただろうが、彩が「無我夢中で、犯人のスタンガンを奪おうとして、そのときスイッチを押してしまった」とでも言えば疑わなかっただろう。ちょっと危なかった、ということは、晶が駆けつけなくても逆転する算段はあったらしい。スタンガンの他にも、何か隠し持っていたのかもしれないが、そこは追及しないでおくことにした。

「寺内が『スタイリスト』だって、告発しないんすか？　その指輪だって、処分されないように確保したんでしょう」

俺が訊くと、彩は思案するようなそぶりを見せ、「考えているところ」と答える。

「私が何も言わなくても、幸田が吐けばわかることだし。警察に訊かれたら、どこまで話そうかなって、検討中よ」

寺内が「スタイリスト」だったことを警察に言えば、彩がそれを知っていて、自分から寺内に近づいたことも知られてしまう。寺内をスタンガンで気絶させ、拘束したのが彩だとわかれば、罪に問われる可能性もゼロではない。そのあたりは、彩なら何とでも言い逃れできそうだったが――スタンガンは護身のために持っていただけで、襲われそうになったから反撃し、相手が自分に使おうと用意していたバンドで拘束しただけだとか――、夫の加納に知られることには抵抗があるのだろう。

とはいえ、彩が黙っていたところで、寺内と幸田のつながりを示す証拠が、一つもないということは考えにくい。警察が幸田の周辺を徹底的に調べれば、本人が黙秘を続けたとしても、寺内の正体はいずれわかることではないか。

そこまで考えて、いや、そうとも限らない、と思い直す。幸田はともかく、寺内は用心深い。寺内があらかじめ、幸田に、接触の証拠を残さないよう言い含め、幸田もそれに従っていたとしたら、このまま見逃されてしまうということもないとは言い切れなかった。

「寺内が『スタイリスト』だって警察が気づいたら、そのときは聴取に応じるわ。私が寺内を気絶させたことも隠しきれないかもしれないけど、それならそれでいいの。事件の真相が明るみに出るなら仕方ないもの」

「もし警察が気づかなかったら？」

警察が捜査するなら、協力する。彼が今度こそ法によって裁かれるなら、司法の手に委ねる。自分が罪に問われるかもしれないとしても。彼女にその覚悟があることはわかったが、しかし、もしも警察が二人の、二つの事件のつながりに気づかなかったら。またしても寺内の存在が見過ごされてしまったら、そのとき、彩はどうするつもりなのか。

彩は、あっさりと答えた。

「それなら、どうせすぐ釈放……じゃないわね、退院するでしょう？　あいつはまた自由の身になる」

小首を傾げ、にっこりする。

「そのときは、もう一度挑戦するわ。今度こそ、邪魔も入らないはずだしね」

計算しつくされた角度で傾けられた顔、細められた目と微笑みを形作る唇。どきりとするような蠱惑(こわく)的な笑い方だ。

俺が思わず見惚れてしまったことに気づいたらしい。もう猫を被る必要はなくなったのにまだ癖が抜けないのだと、彼女は、今度は小さく声をたてて笑った。

加納行広

勤務先である警察署を出ると、朝日が眩しかった。

連続殺人事件が急展開して犯人逮捕となったことにともなう残業に次ぐ残業のせいで、この時間だ。一見、健康的な時間に出勤している人のように見えるだろう。

まだ通勤にも早い時間で、人はまばらだ。俺は、着替えを詰めた紙袋を提げて自宅へと歩き出す。

何日も黙秘を続けていた幸田拓真は、少しずつ語り始めた。今はまだ、雑談に応じるようになった程度だが、いずれ、事件についても聞き出せるようになるだろう。

本格的な取り調べが始まる前に、彩を襲おうとしたことについて、「あの女のほうから媚びて誘うような目で俺を見てきた」と漏らしたらしく、同僚たちが気をつかって、俺は幸田の聴取には回されなかった。俺がキレて幸田に何かするのではないかと思ったのだろうが、俺だって、そのあたりはわきまえている。被害者のほうから誘ってきたんだなんて、痴漢がよく言うセリフだ。腹は立つが、それで激高して、取り調べ中に暴力を振るったりはしない。

納得のいかないところがないわけでもないが、身内が被害者になりかけたという理由で捜査から外されずに済んだだけでもよかったと考えることにした。聴取を担当しているのは一つ上の先輩だ。幸田が何か話し始めたら、すぐに共有してもらうことになっている。

さらに、驚いたことに、彩が襲われた現場に居合わせ、気絶させられた被害者だと思われていたマンションの管理人の寺内が、加害者側として事件にかかわっていたらしいことがわかった。まだ事実関係を確認中だが、防犯カメラの映像を消し、ゴミ置き場を殺害場所として提供するなどしていたようだ。

防犯カメラは壊れていると、彩や晶は聞かされていたが、それは寺内がそう言っていただけで、実際には壊れてはいなかった。故障部分の修理中だというのも嘘だった。ベルファーレ上中の防犯カメラが修理に出された記録はなく、故障も見つかっていない。ただ、一部データが消去されていたり、そもそもカメラがオフになっていた時期があったようだ。

管理人が味方で、車を持っている母親も遺体の処理等に加担していたなら、幸田はやりやすかっただろう。

そして、もう一つ、幸田の起こした事件のこととは別に、大きな収穫があった。

寺内は、今回の事件の共犯だっただけでなく、迷宮入りしたと思われていた二十四年前の連続殺人事件の犯人、「スタイリスト」だったということが発覚したのだ。

フリーの記者であり、晶の弟でもある小崎涼太が俺に提供した情報がきっかけだった。

今回の事件と「スタイリスト」の事件両方に記者として興味を持っていた彼は、二つの事件に共通点があることに気づき、引退したかつての「スタイリスト」事件の捜査員や関係者に独自に取材するなどして手がかりを集めていた。そして、幸田拓真が逮捕された後、さらに調査を進め、寺内イコール「スタイリスト」であり、今回の事件においても、幸田の助言者のような立場だったのではないかという仮説を立てた。

「記事にするために過去の事件を調べていて、『スタイリスト』は結局、最後の被害者の伊川鈴花さんを殺したかったんじゃないか、彼女が本命のターゲットだったんじゃないかって感じたんです。だから、犯人は鈴花さんの近くにいた人物なんじゃないかと思いました。調べてみたら、鈴花さんのマンションの隣に子どものころの幸田拓真が住んでいて、その隣に住んでいたのが寺内だったってことがわかってびっくりしました。幸田拓真の証言で、犯人像とか、捜査の方向性が定まったってことも。それで、もしかして、子どものころの幸田拓真は、寺内をかばって嘘の証言をしたのかな？　って」

はじまりは、記者としての勘のようなものだったのだ、と涼太は話してくれた。

確かに、彼の仮説は、推論に次ぐ推論で成り立っていた。しかし、彼が調査を続けると、それを裏付ける事実が次々と見つかった。状況証拠ばかりではあったが、そこまで積み上げられれば、偶然だとは思えなくなった。

「伊川鈴花さんが彩さんの叔母さんだったのにもびっくりしました。寺内は、引っ越してきた彩さんが、たまたま昔殺した鈴花さんに似ていたから、幸田の標的に推したのかも。あ、もしかしたら、寺内のほうは、彩さんが鈴花さんの姪だって気づいて近づいたのかもしれないっすね」

彩が狙われたことも偶然ではなく、寺内の差し金だったのではと言われると、説得力がある。独自の調査を踏まえ涼太の書いた記事は、シリーズとして、何度かに分けて連載されるらしい。第一弾が雑誌に掲載されたばかりだが、警察すら把握していなかった枝葉の情報にも触れていて、大きな話題になっていた。

二十四年前の事件の被害者が、彩の叔母だったことには、俺も驚いた。彩も、自分たちが気に入って引っ越してきたマンションに、かつて叔母を殺した犯人が住んでいたことについて、「そんな偶然ってあるのね」と信じられない様子だった。さらに驚いたことに、伊川鈴花が殺されたとき、子どものころの彩もその場にいたのだという。つらい思い出だから、これまで話すことはなかったのだと、彩は謝る必要もないのに俺に頭を下げた。

「五歳のときの話だから、寺内さんのことは覚えていなかったわ。でも、ときどき、なんだか嫌な感じがしたことはあったの。嫌な目で見られているような……自意識過剰だと思って、気にしないようにしていたんだけど。涼太くんの言うとおり、向こうは私を覚えていたのかもしれないわね」

そう考えるとぞっとする、と彩は青い顔をしていた。

「怖い思いはしたけど……でも、結果的に殺人犯がつかまったんだから、私たちがここへ引っ越してきたのも運命みたいなものだったのかもしれないわ。鈴花姉さんが導いてくれたのよ、きっと」

気丈に、そんなことを言った。

つらいならマンションを出るかとも訊いたのだが、それにも首を横に振る。

「あなたの仕事が一段落してから、ゆっくり考えればいいわ。私は平気。もう、このマンションから悪者はいなくなったんだもの」

彩はずっと、よくできた妻だった。聞き上手で、嫌な顔一つせず愚痴を聞いてくれ、自分から、俺の担当している事件の話を聞きたがることもあった。嬉しそうにするのが見たくて、俺も、せがまれるとつい話してしまった。しかし、まさか自分が殺人の被害者になりかけるとは、彩も思わなかっただろう。

マンション内に犯人がいるかもしれないのだから、知っている間柄でも不用意に二人きりになるな、人と会うときは誰かにあらかじめ居場所を伝えておけと、彩は晶に言われていたそうだ。おかげで、幸田に殺されずに済んだ。晶には、二重の意味で感謝しなければならない。

涼太と一緒に、晶も事件を調べていた。失踪した土屋萌亜のことを気にして、色々と動いていたのは知っていたのに、俺はろくに力を貸さなかった。彼ら姉弟は、早い時期から、マンションの住人の中に犯人がいるのではないかと疑っていた。彼らの説が正しかったのだと知ったときは、もっと真剣に話を聞くべきだった、同僚や上司に疎まれても、捜査員を割いてベルファーレを徹底的に調べればよかったと後悔した。

晶が、犯人は幸田拓真だと気づいたとき、彩が危ないとすぐに思い当たったのも、涼太の調査で、「スタイリスト」の好みのタイプが彩と合致するとわかっていたからだという。あの二人には足を向けて寝られない。礼を言ったら、涼太には、「今度、できる範囲で警察の捜査情報をこっそり流してください」と笑われた。本気とも冗談ともつかない口調だったが、それくらいはしてもいいと思っている。

涼太の集めた情報は興味深く、有用なものだったが、状況証拠ばかりでは、あと一歩、逮捕の決め手に欠けていた。そんなとき、寺内逮捕の決定打となったのは、彩が提出した指輪だ。

指輪は鎖に通されていたらしいが、鎖がちぎれ、指輪は偶然彩の服のポケットの中に落ちていた。鎖のほうは、ボタンに引っかかっていた。事件直後はそれどころではなかったが、落ち着いてからそのとき着ていた服を洗濯しようとして、彩がそれに気づいた。最初はそれが何か、どこで引っかかったものかわからなかったが、もしかしたら犯人と揉みあったときではないかと思い当たり、事件に関係するものかもしれないからと俺に言って警察に提出した。

鑑定の結果、鎖からは、寺内の皮膚片が検出された。指輪は、二十四年前「スタイリスト」に持ち去られた、伊川鈴花の結婚指輪だった。

捜査本部は騒然となった。

鑑定結果が出てすぐに、寺内は、任意同行に基づく取り調べの末、逮捕された。幸田の件とは別に捜査本部が立てられ、互いに情報を共有しながら捜査を進めていくことになる。

まだまだ忙しい。二日ぶりの帰宅だった。俺は帰宅途中、パン屋に寄り、予約しておいたアップルパイを買った。残業が一周して朝帰りになったおかげで、焼きたてを持って帰れる。俺は甘いものを食べないが、彩はりんごのお菓子が好きなのだ。俺が寝ているときや仕事に戻った後、晶と食べればいい。

俺たち警察にとっては、始まったばかりだが、巻き込まれた被害者や遺族たちには、できる限り早く事件のことを忘れて、日常に戻ってほしい。まだ追加で聴取しなければならないことが出てくるだろうし、裁判が終わるまでは彼らも「終わった」という気にはなれないかもしれないが、一瞬でも、少しでも気持ちが軽くなればと思った。それで思いつくのがアップルパイ止まり、というのも情けない気がしたが、ないよりはましだ。

彩は、結婚した翌年ごろ、一時期情緒不安定になっていたことがあった。

どうやら子どもが望めない身体らしいとわかったころだ。小さいころに階段から落ちたか何かで大けがをしたことがあって、その影響かもしれないということだった。俺は、子どものことより、彩が落ち込んでいるのが心配だった。

どこか環境のいいところに引っ越したい、新しい町で暮らしたい、と彩が言ったとき、それで彼女の気が晴れるならと、すぐに応じた。彩がどこかから見つけてきたマンションへ内覧に行き、彼女が気に入ったとわかると、すぐに契約をして、職場には異動の申請を出した。

引っ越し先に高校の同級生で気の合った今立晶がいたのは偶然だったが、幸運な偶然だった。俺も心強かったし、何より、彩に友達ができるかもしれないと思った。

彩と晶は全然タイプが違うようで、深いところでは、近い部分もあるように感じていた。

思ったとおり、最初は若干反発していたが、事件を経てより深く知り合えたのか、その後仲良くしているようだ。

彩は、晶といるとき、より素の姿を見せているような気がする。俺ではない相手に、というのが少しさびしいし、悔しいような気もしたが、俺には話せないようなことも話せる友達ができたことは喜ばしいことだろう。

彩は相変わらずいい妻だったが、事件以来、少し変わったようだ。どこが、というのはわからない。しかし、悪い変化ではない気がしていた。

二人はアップルパイを喜んでくれるだろうか。

マンションが見えてきた。

本書は「小説幻冬」VOL.76〜80に連載されたものに
加筆、修正をしました。

〈著者紹介〉
織守きょうや　1980年イギリス・ロンドン生まれ。2013年、講談社BOX新人賞Powersを受賞した『霊感検定』でデビュー。15年に日本ホラー小説大賞読者賞を受賞した『記憶屋』は映画化され、シリーズ累計60万部を超えるベストセラーとなる。著書に『彼女はそこにいる』(KADOKAWA)、『花束は毒』(文藝春秋)、『花村遠野の恋と故意』『辻宮朔の心裏と真理』(幻冬舎文庫)などがある。

隣人を疑うなかれ
2023年 9 月20日　第1刷発行
2023年10月10日　第2刷発行

著　者　織守きょうや
発行人　見城 徹
編集人　志儀保博
編集者　茅原秀行

発行所　株式会社 幻冬舎
〒151-0051 東京都渋谷区千駄ヶ谷4-9-7
電話：03(5411)6211(編集)
03(5411)6222(営業)
公式HP：https://www.gentosha.co.jp/

印刷・製本所　株式会社 光邦

Printed in Japan
ISBN978-4-344-04166-0 C0093

この本に関するご意見・ご感想は、
下記アンケートフォームからお寄せください。
https://www.gentosha.co.jp/e/